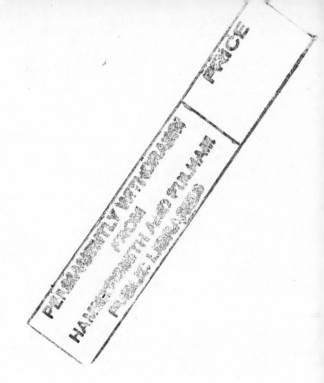

D1514008

FOLIO★
JUNIOR

Pierre Mac Orlan

Les clients du Bon Chien Jaune

Notes et Carnet de lecture
par Marie-Ange Spire

GALLIMARD JEUNESSE

COLLECTION DIRIGÉE PAR JEAN-PHILIPPE ARROU-VIGNOD

Pour en savoir plus :
http://www.cercle-enseignement.fr

1
L'oncle Benic

Mon père exerçait la profession de pêcheur de homards dans un tout petit village de la côte du Léon. Ce village en ce temps-là s'appelait Kerninon. Il changea de nom après la grande révolution de 1789 pour des raisons politiques à ce qu'il paraît. À l'époque où commence ce récit, c'est-à-dire en 1756, j'avais quatorze ans. J'étais un robuste et jeune Léonward plutôt trapu et rouquin quant à la couleur des cheveux. J'aimais à marauder[1] dans les champs et, quand mon père me cherchait, la couleur de mes cheveux révélait ma présence.

— Voyez-le, disaient à mon père les voisines, il flambe là-bas dans les luzernes.

À Kerninon, la vie était sauvage, quelquefois féroce. La plupart des hommes vivaient de la pêche ou pillaient les épaves. Nous adorions le feu et l'eau et notre misère était parfois si grande que

1. Marauder : voler des fruits ou des légumes.

7

trois jeunes filles du pays se firent voleuses et moururent sur l'échafaud très loin, à Nantes, je crois bien. Elles s'appelaient : Marion du Faou, Yvonne Guigin et Rose Banec. Chez nous, on priait pour le repos de leurs âmes, car nous confondions ingénument le bien et le mal.

Mon père était, cependant, un honnête homme, un peu dur d'oreille. Les oreilles de mon père m'émerveillaient à cause du poil rude et gris qui en défendait l'entrée. Elles s'ornaient de deux anneaux d'or, héritage de ma mère décédée en Terre sainte, vers Sainte-Anne-d'Auray, à la suite de M. de Kervidic, officier de la marine royale. Ma mère était servante quand elle mourut et elle fut enterrée décemment aux frais de son maître. Je demeurai seul avec mon père. J'avais alors sept ans. C'est à cet âge que je fis mes premières courses en mer, sur la barque de mon père. À douze ans je savais hisser une grand-voile et rentrer tout seul un canot à la godille[1]. J'ai couché bien des nuits en mer sous la grand-voile repliée en forme de tente. Je m'endormais bercé par la haute musique de la mer bretonne. Certaines nuits cela miaulait si fort que mon père prêtait l'oreille. Il me disait : « Écoute, écoute, Louis-Marie. Écoute-*les*. *Ils* se plaignent ! *Ils* gémissent : *ils* veulent *quelque* chose ! Mais quoi ? »

1. Godille : aviron.

Mon père soupirait à fendre l'âme. Et cette attitude dans le grand tourment de la mer et de la nuit me causait plus de peur que la nuit et la mer jointes ensemble.

De qui voulait-il parler ? Bien que je m'en doutasse un peu, je n'aimais guère à provoquer des précisions sur ce sujet. Je savais trop que la mer et la nuit sont en certains lieux et à certaines heures le royaume de la mort et des morts.

À Kerninon, nous vivions des nuits angoissantes, pleines de fantômes et de cauchemars dont les vieilles du village entretenaient la tradition. J'éprouvais encore moins la peur alors que je dormais en mer que lorsque je dormais dans notre masure[1] quand le vent pleurait sous la porte.

J'entendais dans la nuit la galopade du voisin qui rentrait dans sa demeure et notre petit village désarmé, éloigné de tous les hommes, attendait avec résignation l'assaut de toutes les puissances de la nuit. Les roues d'une charrette semblaient grincer dans la lande. Alors mon père s'asseyait sur son grabat[2]. Son visage ruisselait de sueur. Mais il ne disait rien.

Mon père, cependant, était brave. Un jour il se battit longtemps avec un congre[3] géant. Il était robuste comme un chêne. Les autres hommes le craignaient, car il savait se faire respecter.

1. Masure : baraque.
2. Grabat : lit misérable.
3. Congre : anguille de mer.

Un jour de tempête, où le ciel et la mer se confondaient, la barque de mon père se brisa et lui-même fut emporté par une lame de fond qui le roula sur les récifs.

Il fut retrouvé le lendemain par des coupeurs de goémons[1]. Comme il n'y avait pas de recteur[2] dans le village, ce fut un voisin qui lut la prière des morts. Je restai seul dans la petite maison qui, d'ailleurs, ne m'appartenait pas.

Anaïc, notre voisine, m'apporta du pain noir, des fèves et du lait de chèvre.

— Je ne veux pas rester tout seul ici, dis-je en pleurant.

— Mon paotred[3] ! fit la brave femme. Montre-moi tes vêtements.

Elle choisit parmi mes nippes celles qui lui parurent les plus propres.

— Tu vas endosser ces vêtements, paotred, et puis dès demain tu prendras la route qui mène à Brest. Arrivé dans cette ville, tu te dirigeras vers Kéravel et tu demanderas l'auberge du Bon Chien Jaune. C'est ton oncle qui tient cette auberge. Tu lui diras que ton père est mort. Il est le frère de ton père et c'est à lui de te faire gagner ton pain.

— Mais, mère Anaïc, mon père ne m'a jamais parlé de cet oncle ?

1. Goémon : algue marine.
2. Recteur : curé.
3. Paotred : garçon.

– Ils ne se voyaient plus.

– Vais-je rester seul cette nuit, Anaïc ?

La vieille me prit par la main et me conduisit dans sa demeure.

Le lendemain, au point du jour, elle me fit boire une jatte de lait et me mit dans la main un petit paquet qui contenait mes pauvres hardes, du pain noir, une couenne de lard et un oignon.

Il faisait beau, des merles sifflaient dans tous les chemins creux. Je coupai un penbaz[1], mis mon baluchon sur mon épaule, et en bragoubraz[2] à la mode des paysans, je pris à travers la lande le chemin qui devait me conduire à Brest.

Le nom seul de cette ville merveilleuse, dont j'avais parfois entendu parler, m'enchantait et adoucissait ma peine. Je me retournai une dernière fois afin d'apercevoir mon village. Je crus bien revoir mon père à la porte de ma cabane. Je poursuivis ma route en pleurant seul, le nez baissé vers mes souliers.

J'arrivai à Brest un peu avant la tombée de la nuit. Oh gast ! que cette ville était grande et belle ! Et que les maisons en étaient hautes avec leurs innombrables fenêtres ! J'avais traversé des vallons fleuris où coulaient mille sources chantantes avant d'atteindre les remparts garnis de fraîche herbe

1. Penbaz : bâton.
2. Bragoubraz : culotte bouffante s'arrêtant au genou.

verte et je me présentai à la porte de la ville en me faufilant entre les chariots chargés de sacs de blé, les charrettes de foin et la foule des paysans en bragoubraz qui se rendaient au marché. Mon Dieu que cette foule était joyeuse et importante et bien nourrie ! Les femmes portaient des costumes magnifiques où le velours et l'or se mêlaient. Il y avait là des corsages de Quimper aux broderies somptueuses, des costumes du Léon, tous d'une richesse à quoi les pauvres filles de mon village ne m'avaient pas accoutumé. Je me mêlai à la foule des rustiques et mes sabots résonnèrent joyeusement sur le pavé. Le nez en l'air je m'émerveillais des choses et j'en étais arrivé à oublier à peu près le but de mon voyage.

J'apercevais, dans la rue bordée de maisons qui me parurent des palais, de fort jolis jeunes hommes, dont quelques-uns à peine plus vieux que moi, mais vêtus d'un bel habit gros bleu, qui portaient tricorne[1] et bas rouges. Je sus plus tard que ces messieurs étaient des gardes marines. Immobile contre une maison pour me garer des carrosses, des voitures et de tout ce bruit qui m'étourdissait, je ne pouvais contenter mon envie de voir. Je voulais voir, voir encore plus. J'eusse voulu embarquer tout de suite sur un de ces beaux

1. Tricorne : chapeau à trois cornes.

bâtiments que j'apercevais au bout de la rue sur la rivière la Penfeld.

Des matelots coiffés de bonnets rouges ou d'un petit chapeau de cuir bouilli et portant larges culottes à rayures vinrent à passer devant moi. Ils se tenaient par le bras et chantaient :

Je n'ouvre pas ma porte après minuit.
Vous resterez dehors, la moitié de la nuit.

Un matelot abandonna le bras de son camarade et s'approcha de moi. Il m'inspecta des pieds à la tête et sourit avec bienveillance.

– Monsieur, dis-je en me rappelant le but de mon voyage, je suis natif de Kerninon. J'ai perdu mon père et je suis venu à Brest pour retrouver le frère de mon père qui tient une auberge à l'enseigne du Bon Chien Jaune.

– Ma doué, fit le matelot en hochant la tête, tu n'es pas peu faraud[1] à ton âge de demander l'adresse du Bon Chien Jaune.

Il se gratta la tête et, m'indiquant du doigt une petite rue qui descendait à ma droite, il dit :

– C'est par là !

Il rejoignit le groupe de ses camarades.

J'entrai dans une ruelle tortueuse qui accédait à un escalier où des femmes faisaient sécher du linge.

1. Faraud : fanfaron.

Le visage de ces femmes me fit peur. Les épaules rentrées, je me hâtai de descendre l'escalier sous les quolibets[1] des mégères.

Autour de moi s'ouvraient trois ou quatre petites rues malpropres qui serpentaient entre des masures branlantes dont les contrevents pendaient sur les gonds disloqués. Des enfants grouillaient dans les ruisseaux. Ils me regardaient curieusement et avec hostilité. L'un d'eux me lança une pierre. Mes bragoubraz les divertissaient. La colère me monta au front. J'avançai les poings serrés vers leur groupe qui se dispersa. Dans l'ombre des petites portes basses je les entendais me crier des injures. Je ne savais plus où diriger mes pas dans cette ville hostile. Une grande tristesse m'envahissait. Je m'assis sur une borne à l'angle d'une maison affreusement pauvre.

Une femme sortit de cette demeure et m'inspecta insolemment des pieds à la tête. Elle était jeune et laide. Pourtant son visage s'adoucit et c'est d'une voix aimable qu'elle m'interrogea.

– Pourquoi pleures-tu, petit fanandel du Gliner[2], tu ne connais pas la vergne[3] et tu t'es perdu.

Je ne compris que les derniers mots de sa phrase. Je levai vers elle mon visage mouillé et je lui dis ce que j'avais déjà dit au matelot.

1. Quolibet : moquerie.
2. Petit fanandel du Gliner : petit compagnon du diable (argot).
3. Vergne : ville (argot).

– Alors tu es le neveu du taulier Benic. Je vais te conduire, ce n'est pas loin d'ici. Suis-moi.

Elle me prit doucement par la main.

– C'est à Kéravel que mon oncle habite ? demandai-je timidement.

– Kéravel, c'est ici, et le Bon Chien Jaune c'est cette taule de l'enfer que tu aperçois tout au bout de la venelle, devant le mur d'enceinte du Grand Collège. Adieu, mon gars, et bonne chance. Benic est devant sa porte. Si tu crains quelque chose un jour, viens me trouver. Je m'appelle Margot, Margot de la Courtille. Tu m'as l'air d'un pauvre petit enfant.

Elle essuya sa bouche du revers de la main, m'embrassa sur le front et regagna son logis.

J'appréhendais fort, maintenant que je touchais au but, d'adresser la parole à mon oncle Benic. Je ne connaissais pas la vie, mais j'étais riche en instincts ainsi qu'une petite bête sauvage et l'un de ces instincts m'avertissait que j'allais pénétrer dans quelque chose de trouble. Je n'avais jamais vu de cabaret semblable avant ce voyage, mais je sentais que le cabaret du Bon Chien Jaune ne ressemblait pas aux autres que j'avais rencontrés sur ma route et que sa clientèle ne devait pas être celle des marchands ou des joyeux rouliers[1] de la route de Châteaulin.

---

1. Roulier : transporteur.

Plus je me rapprochais de l'auberge du Bon Chien Jaune, plus mon émotion grandissait. Quand j'arrivai devant la maison, une maison basse et mal équilibrée, mes jambes fléchirent sous moi et je dus m'appuyer contre le mur crevassé.

Par la porte ouverte, j'apercevais le trou sombre de la salle. Une forme humaine s'agitait dans l'obscurité. Je voulus appeler : les paroles ne pouvaient pas sortir de la gorge. Le son de ma propre voix, enfin, me déchira le cœur.

– Monsieur Benic, monsieur Nicolas Benic !

– Voilà, voilà, répondit l'oncle.

Il sortit précipitamment de sa taverne et laissa tomber sur moi un regard bonasse[1]. Son aspect ne me déplut pas. C'était un gros homme, au visage enfoui dans un triple anneau de graisse jaune. Il était luisant comme un beignet sorti de l'huile. Son aspect général était celui d'un brave homme un peu niais. Il détourna légèrement la tête, se frotta les mains d'un air gêné et me demanda :

– Qu'y a-t-il pour votre service, mon bon petit jeune homme ?

– Monsieur, je viens de la part de votre défunt frère Yann Benic, qui était mon père. Une voisine m'a dit de venir vous trouver. Je suis robuste et je pourrai travailler pour vous.

1. Bonasse : bon, doux.

– Alors Yann Benic est mort, dit l'aubergiste, et vous êtes mon neveu.

– Oui, monsieur.

– Bon, donnez-vous la peine d'entrer. Je ne sais pas encore ce que je peux faire pour vous. Je vais en tout cas vous offrir du pain, du lard et du cidre.

Somme toute, l'aventure ne se terminait pas trop mal. L'oncle se montrait plutôt d'un aspect engageant. Il était rond comme une courte tour et gras comme un loir à la saison des fruits. J'entrai derrière lui en descendant trois marches dans la grande salle de l'auberge. Bien qu'il fît grand jour, mes yeux durent s'habituer à l'obscurité qui y régnait comme un brouillard sur un marécage.

C'était en vérité un triste lieu de distractions que la grande salle du Bon Chien Jaune. À cette heure-ci, il n'y avait personne. Autour de la grande table centrale de bois mal équarri[1], deux bancs vides attendaient les clients. Tout autour de la salle, le long des murs étaient rangés des tonneaux vides qui tenaient lieu de table : ils étaient entourés d'escabeaux en bois noirci par la fumée du tabac, cette plante que je ne connaissais pas encore et dont je devais faire usage par la suite. Une grande cheminée, protégée par un manteau couvert de pots d'étain, garnissait le fond de la salle à côté d'une porte qui donnait dans une manière de

1. Équarri : taillé.

cuisine où se trouvait une échelle qui permettait d'accéder à l'unique étage de la maison.

Je m'étais assis dans l'angle de la cheminée où brûlait un maigre feu de tourbe[1]. L'oncle Benic allait et venait. Il prit un morceau de lard dans un grand pot de grès et le mit à frire dans une poêle. Il me coupa une large tranche de pain noir, me versa une grande tasse de cidre dur qui sentait le vin blanc. Tout en préparant ce petit festin qui me mettait la joie au cœur, il m'interrogeait sur les événements qui avaient décidé de mon départ.

— Que voulez-vous faire, mon neveu ?

— Je voudrais devenir un marin.

— Un marin, un marin… hum… Écoutez, mon cher petit Benic… Benic… comment ?

— Louis-Marie, mon oncle.

— Louis-Marie, il faudra m'appeler Monsieur Benic… Cela vaut mieux pour la clientèle. Écoutez-moi bien, j'ai besoin d'un garçon dévoué pour m'aider dans ce commerce. Oui, il me faut un garçon dévoué, fort intelligent. Vous me paraissez, si un examen superficiel ne me trompe pas, remplir ces conditions. Il y a ici une servante nommée Anne. Elle sert la clientèle. Vous l'aiderez dans sa tâche.

L'oncle Benic se versa un verre de cidre et élevant la voix, il poursuivit son discours :

---

1. Tourbe : combustible d'origine végétale.

– Il faut voir, entendre, et surtout ne rien dire… Je ne veux pas d'un bavard sous mon toit… Un neveu muet comme un thon, voilà ce qu'il me faut… rien de plus, rien de moins.

Je l'écoutais tout en mâchant avec plaisir mon lard et mon pain. L'oncle me contempla en hochant la tête. Il dit :

– Vous m'avez tout à fait l'air d'être bien doué sous le rapport de l'appétit… Enfin, il faut bien que jeunesse se passe.

Mes yeux s'habituaient au nouveau décor dans lequel j'allais vivre. Une telle béatitude m'envahit que je poussai un long soupir de contentement. Auprès de la pauvre masure où j'avais passé ma petite enfance, l'auberge sordide de l'oncle Benic me paraissait un palais.

L'oncle trancha cette béatitude d'un coup sec de sa voix :

– Il ne faut pas vous endormir sur le rôti, garçon. Vous allez d'abord m'ôter ces grègues[1] paysannes et vous me mettrez à leur place cette belle culotte que voici.

Il ouvrit une petite armoire dans le réduit à côté de l'échelle et en sortit une culotte assez usagée, à la mode de la ville, une chemise, une paire de bas de laine, un habit qui me parut un ancien uniforme modifié pour le goût civil.

1. Grègues : pantalon.

19

– Avec un combre galuché[1], me dit l'oncle, vous aurez l'air d'un milord ou d'une andouille. À vous de choisir votre rôle dans la vie. Maintenant, je vais vous montrer la chambre.

Il gravit l'échelle devant moi et je le suivis en portant sur mon bras les vêtements qu'il m'avait donnés.

À vrai dire, le premier étage du Bon Chien Jaune ressemblait beaucoup à un grenier. Il était cependant meublé en dortoir, c'est-à-dire que de tristes grabats s'alignaient le long des murs. Au bout de ce dortoir s'ouvrait une sorte de cage à fromages. L'oncle me la fit remarquer de son index tendu.

– Voici votre chambre, paotred, vous y dormirez comme un roi à la condition de vous réveiller dès la première heure du jour. N'oubliez pas que votre domaine est en bas, dans la salle et dans la cuisine. Vous pouvez également, quand l'occasion s'en présentera, faire les courses de ces messieurs. Mettez votre costume.

J'essayai culotte et bas. L'habit me parut un peu long de manches et de pans, bien que je ne fusse pas habitué à l'élégance des villes.

– Cela ira fort bien, fit l'oncle Benic. Cet habit est un peu long en vérité, mais il vous suffira de relever les manches sur vos poignets pour qu'elles

1. Combre galuché : un chapeau galonné (argot).

deviennent une parure. Il vous faudra aussi des souliers afin d'aller à la ville... On vous trouvera cela. En attendant, gardez vos sabots. Il ne faut pas rompre brutalement avec d'anciennes habitudes et...

Ici, l'oncle fut interrompu par les éclats de voix d'un personnage qui venait de pénétrer dans la salle du rez-de-chaussée.

– C'est Pain Noir... Oui, c'est Pain Noir. Écoute, petit gars, dit l'oncle, en me tutoyant, reste bien sagement ici, mais si je t'appelle, tu descendras très vite et tu m'apporteras, avec précaution, ceci...

Il ouvrit un coffre, prit un pistolet luisant de graisse et me le tendit...

2
Le cabaret
du Bon Chien Jaune

Accroupi à côté de l'échelle, le pistolet posé à côté de moi avec précaution, j'écoutais tout en retenant mon souffle le bruit assez confus des voix dans la grande salle du Bon Chien Jaune.

Mon oncle gémissait :

– Vous me mettez sur la paille, ta bande et toi. J'aimerais mieux reprendre du service… À cette heure je serais sous-comite[1] à Toulon, et toi, tu écrirais sur l'eau avec une plume de vingt pieds.

J'entendis Pain Noir ricaner :

– Ah ! Benic, tu seras toujours le même : propriétaire à ton âge, commerçant honorablement connu, tu mènes grâce à nous une vie de cocagne[2]. Enfin… tu sais ce que je veux dire, il nous faut

1. Sous-comite : sous-officier.
2. Une vie de cocagne : une vie de plaisirs.

vingt morts pour le courant d'octobre, nous sommes en juillet, tu as le temps de prendre tes mesures… Il faut payer, vieux grippe-sou, payer, sans quoi tu n'auras rien. La vie n'est pas si drôle à bord.

— Je sais aussi bien que toi ce qui se passe à bord, fit l'oncle, mais je ne mettrai pas plus de cinq écus[1] pour me procurer des morts.

Les voix s'éloignèrent dans la direction de la porte de la rue et je n'entendis plus qu'un brouhaha confus.

J'étais resté en place, littéralement pétrifié par ce que je venais d'entendre. Mille images plus terrifiantes les unes que les autres tourbillonnaient dans ma tête.

Je résolus de fuir.

Je descendis l'échelle. Malheureusement il me fallait passer devant l'oncle, qui, les mains derrière le dos, se détachait en noir dans la lumière de la porte. Son mystérieux interlocuteur s'était éclipsé. Au bruit de mes pas, l'oncle pivota sur ses talons.

— Vous ai-je appelé ? gronda-t-il.

Tout aussitôt, il remarqua ma pâleur, car j'étais presque privé de sentiments. Ses petits yeux gris luisaient étrangement.

— Il faut te mettre au travail, dit-il en s'apprêtant à éternuer dans un superbe mouchoir rouge qu'il

1. Écu: ancienne pièce en argent.

avait tiré des basques[1] de son habit. Et, pour commencer, tu vas descendre à la cave. Dans le coin à gauche, tu trouveras une grosse bouteille de rhum, nous appelons ça un mort, entre nous, joyeux garçons du Bon Chien Jaune. Tu rapporteras ce « mort », cette dame-jeanne, si tu préfères, derrière le comptoir. Et tu laveras les pots d'étain. Anne va revenir dans une heure, elle t'aidera.

L'oncle habitait derrière la grande salle une petite chambre percée d'une meurtrière qui donnait sur une venelle. Je l'entendis s'enfermer dans cette cellule fortifiée. Il marchait ainsi qu'un homme préoccupé. Il gémissait assez haut pour que je l'entendisse :

– Vingt morts ! vingt morts de rhum pour embarquer en octobre. Où veulent-ils que je me procure cette quantité de rhum ?

L'explication de l'oncle Benic avait calmé mes craintes, mais il me sembla qu'il jouait pour moi derrière sa porte trop verrouillée une comédie dont je ne pouvais définir le but. Mon instinct m'avertissait comme un bon chien de garde, mais j'étais trop jeune pour que mon imagination s'appesantît sur ce sujet.

L'arrivée d'Anne changea le cours de mes idées.

– Tiens, fit-elle en m'apercevant, voilà un bandit de plus dans la maison. D'où viens-tu, enfant ?

---

1. Basque : partie tombante de l'habit.

Je lui racontai mon histoire. Elle l'accepta sans commentaires. C'était une petite jeune fille courte et trapue, au teint rougeaud. Elle n'avait pas l'air méchant, et c'est en me parlant doucement qu'elle me montra à travailler.

Comme moi elle était orpheline. Elle était née à Plougastel et servait depuis trois ans chez mon oncle Benic. Elle n'en disait point de mal. Elle couchait en bas, au pied de l'échelle, sur une paillasse que je n'avais point vue.

Au bout d'une dizaine de jours et de nuits, je devins un parfait garçon d'auberge. Anne avait raccourci les manches de mon habit et je commençais à rôder dans Brest. Ma force physique me faisait respecter des garnements de mon âge. Je me battis trois fois en huit jours avec ceux de Recouvrance, un gros bourg de l'autre côté de la Penfeld. L'oncle, sans encourager ces batailles, ne les désapprouvait pas. Il me parlait toujours avec politesse, mais il n'oubliait pas non plus de me faire travailler comme un forçat. Le cabaret du Bon Chien Jaune se trouvait à côté du bagne dont il n'était séparé que par une venelle remplie d'ordures. Une petite porte s'ouvrait dans le haut mur de ce superbe bâtiment. C'était par là que passaient ces messieurs de la chiourme[1] quand ils venaient boire

1. Chiourme : bagne.

du cidre chez le père Benic, ou plus familièrement le Grivois, c'est-à-dire le soldat. Car tel était le sobriquet[1] par quoi toute la clientèle des deux sexes désignait le patron du Bon Chien Jaune.

Cette année-là une épidémie ravagea les bas quartiers de Brest, surtout dans le sentier du Pont-de-Terre où personne n'osait s'aventurer. On y envoyait sous la garde des argousins[2] des corvées de forçats qui relevaient les cadavres allongés le long des portes, brûlaient de la paille dans les masures et creusaient des fosses mortuaires que l'on remplissait de chaux vive.

Ces forçats se faisaient quelques pourboires qu'ils venaient boire familièrement avec la chiourme dans le cabaret de mon oncle.

On parlait peu le breton, par contre la langue d'argot y régnait en maître. Un certain Virmou-tiers qui connut le célèbre Cartouche m'enseigna les mystères de cette langue.

J'appris bientôt des chansons de voleurs. On me faisait monter sur une table. Anne me tendait un verre et les poings sur les hanches je chantais :

Monté sur la potence
Je regardai la France
J'y vis mes compagnons

1. Sobriquet : surnom.
2. Argousin : surveillant du bagne.

À l'ombre d'un… vous m'entendez.
J'y vis mes compagnons
À l'ombre d'un buisson.

Ou encore au milieu des têtes rasées qui m'écoutaient dans le ravissement :

En allant de vergne en vergne
Pour apprendre à goupiner
J'ai rencontré marcandière
Lonfa malura dondaine
Qui du pivois solissait
Lonfa malura dondé[1].

J'étais fier de ce succès. Mon oncle haussait les épaules. Mais il n'approuvait ni ne désapprouvait la conduite de ses clients.

L'après-midi la clientèle changeait d'aspect et de qualité. Aux comites et sous-comites succédaient des matelots de la marine marchande. Des matelots durs et recuits par le feu du Diable et qui ne paraissaient pas pressés de prendre du service. Ces hommes buvaient, discutaient à mots couverts en compagnie de dames du quartier marquées par la misère et par la main du bourreau de Quimper.

---

1. En allant de ville en ville / Pour apprendre à voler / J'ai rencontré une marchande / Qui vendait du vin.

27

Ce dernier possédait une petite maison devant notre demeure où il logeait quand il venait à Brest. Par ma lucarne, je le voyais chaque matin préparer minutieusement sa soupe. Il épluchait ses légumes, un tablier sur ses genoux, une bassine de cuivre entre ses cuisses.

Je le contemplais avec terreur. C'était un grand homme chauve et livide, avec d'énormes mains violettes. Il passait des heures entières à étudier page par page un vieil almanach.

J'avais fait des progrès depuis le jour où j'avais entendu l'oncle discuter avec Pain Noir. Celui-ci, d'ailleurs, n'était plus revenu au Bon Chien Jaune, mais il était connu et son nom revenait souvent dans les conversations que j'entendais au milieu des matelots.

Bien que ma curiosité fût terriblement éveillée, je ne parvenais pas à saisir le sens de leurs propos. Ils parlaient à mots obscurs de faits qui pour moi demeuraient mystérieux.

Un soir un matelot nommé Kéméner me demanda du rhum. J'allai chercher un gobelet et la grande bouteille dissimulée derrière le comptoir.

– Voilà, lui dis-je, c'est le dernier *mort* qui nous reste.

– Quoi ? interrogea le matelot d'un air ahuri.

Et se tournant vers mon oncle, il l'interpella :

– Louis-Marie est-il devenu fou ? Depuis quand appelle-t-on une bouteille de rhum un mort ?

L'oncle passa entre moi et le matelot. Il cligna de l'œil et répondit :

– Hé, oui, c'est une habitude que nous avons ici, Louis-Marie et moi, d'appeler ainsi les bouteilles de rhum.

Le matelot daigna sourire. Mais toutes mes inquiétudes revinrent dans ma tête. Que signifiait cette excuse de mon oncle ? Et pourquoi ce matelot, qui connaissait fort bien Pain Noir et trafiquait avec lui, semblait-il ignorer ce surnom macabre dont Pain Noir lui-même m'avait révélé l'existence ?

Tout cela me paraissait peu clair. Je connaissais maintenant beaucoup de choses : je n'étais plus le petit pêcheur-paysan de Kerninon. Des hommes qui devaient finir sur la roue ou sur la potence m'avaient initié dans leur rude et affreuse langue secrète à bien des mystères de la vie, naturellement dans le domaine du mal. Mon père et ma mère n'avaient pas fait de moi un petit niais. J'étais vif : je savais déjà lire et écrire, j'étais courageux, je résolus de ne plus être la dupe[1] de l'oncle Benic, qui mentait à tout le monde, chaque jour que fait le Seigneur.

La nuit même de ce petit incident, je montai me coucher le couvre-feu sonné. Il ne restait personne dans la grande salle que l'oncle qui tisonnait son

---

1. Dupe : personne que l'on trompe.

feu avec une vieille pique d'abordage. La pluie faisait rage sur les toits. Je l'entendais chanter dans les deux tonneaux placés dans la courette où nous rincions les bouteilles. Le veilleur de nuit, enveloppé dans son grand manteau blanc, était passé devant notre demeure et je l'avais entendu crier : « Il est minuit sonné ! » Je me tournais et retournais dans mon lit sans parvenir à trouver une position qui pût m'apporter le sommeil.

Mon imagination très ardente était cette nuit-là surexcitée par l'attitude de Kéméner à qui j'avais servi du rhum. En vrai petit Breton, j'étais, déjà, enclin à peupler la nuit de fantômes et de personnages macabres. Les nerfs tendus, je regardais l'ombre s'animer et dans un rayon de lune qui passait par la lucarne se déroulaient toutes les images fantastiques des vieilles de mon petit village. Il me semblait que l'oncle Benic allait réapparaître sous la forme de l'Ankou, celui qui conduit la charrette des morts. C'était bien cela. Les morts dont parlait le Grivois étaient les étranges clients de ce lugubre voiturier dont le nom seul me faisait hurler de peur quand j'étais un tout petit enfant sans mère dans la lande de Kerninon. Maintenant, grand et robuste adolescent de quatorze ans, je voyais, entre les saules d'un chemin creux, l'oncle Benic qui conduisait sa lugubre charrette sous la pluie sifflante et le vent qui hurlait comme tous les loups de la forêt.

À ce moment où, les nerfs tendus, je me mordais les poings pour ne pas crier, j'entendis grincer au bout de notre ruelle les essieux mal graissés d'une charrette. Le cœur affolé j'entendais les roues rebondir sur les mauvais pavés. Le bruit se rapprocha et soudain s'arrêta devant notre porte. Je me relevai d'un bond et, assis dans mon lit, les yeux agrandis et tout oreilles, je retins mon souffle. Mes lèvres balbutiaient une prière. Je fis le signe de la croix. C'est alors que la porte de l'auberge s'ouvrit et que j'entendis la voix de l'oncle Benic dans la nuit:

– Quel temps, fit le Grivois… Dépêchez-vous de décharger votre voiture. J'ai déjà dit que je n'aimais pas cette façon d'opérer.

D'entendre ces paroles suffit à me ranimer, car j'étais exsangue[1]. Je me levai tout doucement et je me hissai par la lucarne sur le toit de la maison. Malgré la pluie qui ne cessait pas, je m'approchai de la cheminée qui m'abritait contre les regards et je pus apercevoir la rue, la charrette et les deux hommes qui la conduisaient. L'un d'eux était Pain Noir. Je le reconnus à sa voix et à la forme de son chapeau de cuir bouilli.

Pain Noir releva la bâche de sa charrette en maugréant. Il découvrit une douzaine de sacs à farine, quelques caisses et trois coffres de matelots

1. Exsangue : extrêmement pâle.

dont un était garni de clous en cuivre disposés en rosaces.

– Allons, cadet, un coup de main, fit Pain Noir à son compagnon. Si tu restes là sans bouger jusqu'au printemps, tu auras des bourgeons au nez et des fleurs à ton chapeau.

L'homme ricana et s'empara d'un coffre. Il devait être d'une force peu commune, car il le maniait comme une plume.

– Suivez-moi, fit l'oncle.

Ils entrèrent tous trois dans l'auberge et le bruit de leurs pas s'évanouit dans l'ombre. La lueur d'une lanterne éclaira la courette de l'autre côté de la maison. Je changeai de position en tournant autour de la cheminée et mes regards fouillèrent la cour et les abords d'un réduit à moitié enfoui dans le sol et qui, autant que j'avais pu en juger, en regardant à travers les planches disjointes de la porte, ne contenait qu'une collection de vieux outils de jardinage et des tonnelets en mauvais état.

L'oncle ouvrit la porte et disparut dans le réduit avec sa lanterne, dont la lueur s'éteignit pour mes yeux. J'entendis la voix de l'oncle Benic qui semblait venir de sous terre et qui avertissait les compagnons :

– Attention, cadets, il y a cinquante-deux marches à descendre.

Pain Noir s'engagea le premier sur les pas de l'aubergiste, suivi du matelot herculéen qui portait toujours son coffre sur ses épaules. Les trois hommes remontèrent au bout de dix minutes, et pendant une grande heure ils descendirent coffres, sacs et caisses dans ce souterrain dont l'existence venait de m'être révélée.

Derrière ma cheminée, je grelottais, transpercé par l'eau du ciel jusqu'aux os, mais par sainte Anne d'Auray ! je n'aurais pas donné ma place pour une fortune, non dame ! Quand tout le chargement de la charrette eut été descendu, l'oncle, Pain Noir et le compagnon remontèrent dans la cour, éteignirent la lanterne et revinrent dans la grande salle. Je les entendis boire. Un bourdonnement confus m'arrivait aux oreilles, mais je ne pouvais saisir un seul mot de leur conversation.

Je fus long à m'endormir, même après le départ de la charrette. Ce fut Anne qui me réveilla, comme on entendait sur la rade[1] les fifres[2] et les tambours qui battaient et sonnaient le branle-bas sur les bâtiments du Roi. Elle me jeta un bol d'eau au visage. L'effet fut immédiat et je sautai hors du lit pour prendre un bâton afin de la remercier de sa grande courtoisie. Elle ne m'attendit pas, d'ailleurs, et vint se ranger sous la protection de l'oncle Benic, qui, tout aussi reposé que s'il eût passé la nuit sur sa couchette, faisait griller du pain à la pointe d'un couteau pour son déjeuner du matin.

---

1. Rade : port.
2. Fifre : petite flûte.

– Vous avez sans doute mal dormi, mon neveu. Il faut employer les vieux procédés de ma jeunesse pour vous sortir du sommeil.

Il me regarda drôlement, à tel point que je me demandai s'il ne m'avait pas aperçu sur le toit.

En réfléchissant bien, cette supposition me parut invraisemblable et je repris mon travail quotidien, qui était de laver les verres, les bols pour le cidre, les cruchons de grès et les pots d'étain. Tout en torchonnant à côté d'Anne, je me disloquais la mâchoire à bâiller.

Le lendemain fut un dimanche. Ce jour-là la clientèle du Bon Chien Jaune ne se montrait pas. On ne voyait guère dans les rues de Kéravel que des enfants qui se querellaient. Les forçats ne sortaient point dans la ville. Quand il y avait fête sur les vaisseaux du Roi, toute la population se portait devant le château, d'où l'on dominait la rade. Ce dimanche, donc, l'oncle Benic déplia son habit de cérémonie en drap marron et sa culotte de velours prune. Il se fit la barbe devant un miroir cassé. Après avoir coiffé sa tête d'un vieux tricorne où l'on apercevait encore la place pelée d'une cocarde, il prit sa canne et nous confia la garde du Bon Chien Jaune, pendant les heures mortes de l'après-midi.

Je le suivis de l'œil jusqu'au coin de la ruelle, dans la direction du bagne. J'avais en tête un projet que la présence de la servante ne me permettait guère d'exécuter. Je n'aimais pas cette fille sournoise qui rapportait tout à l'oncle Benic et qui lui paraissait dévouée. Anne en savait plus que moi sur les habitudes de son maître. Mais elle ne disait rien. Elle me considérait tout à fait comme un enfant et cette attitude envers moi m'humiliait et m'obligeait à la prendre en haine, bien que de mon naturel je fusse plutôt conciliant et aimable. L'occasion de profiter d'une heure de liberté était trop tentante pour que la servante n'essayât pas de la saisir.

– Je vais faire une course à côté, Louis-Marie. Gardez bien la maison. Je ne serai pas longtemps.

Je fis mine de maugréer. En fait, je jubilais intérieurement. Quand la fille eut disparu, je m'en fus examiner la porte de la cave. J'étais devenu, pour avoir fréquenté l'élégante clientèle du Bon Chien Jaune, habile à plus d'un jeu. Entre autres, je savais ouvrir les portes les mieux closes à l'aide d'une tige de fer que je recourbais selon la forme de la serrure que je désirais ouvrir. C'est l'ancien compagnon de Cartouche qui m'avait révélé ces secrets dont il avait lui-même payé fort cher la révélation. À l'aide de ma tige de fer, je n'eus aucun mal à ouvrir cette porte, bien que la besogne ne fût point des plus faciles. En somme je faisais honneur à celui qui avait été mon maître.

Comme je m'y attendais, derrière les vieux outils j'aperçus l'entrée de l'escalier. J'avais pris soin d'allumer mon rat de cave[1] au feu de l'âtre. Courageux

1. Rat de cave : bougie.

et volontaire comme un coq de combat, je m'enfonçai, il me semblait, dans les entrailles de la terre.

Je comptai, en effet, cinquante-deux marches, et je pénétrai dans une immense salle basse et voûtée, extraordinairement remplie d'objets et de marchandises diverses. Il y avait là des caisses, des tonneaux, des armes, dont quelques-unes fort belles, des sacs de blé, des bois précieux, des étoffes qui me parurent magnifiques. Dans un coin pendait une incroyable collection de robes de femmes et de vêtements d'hommes, dont beaucoup galonnés d'or. Je reconnus les coffres cloutés de cuivre que j'avais vu débarquer la veille. En essayant d'en ouvrir un je me salis les mains dans une sorte de liquide gras. Ayant approché le lumignon[1], je vis que c'était du sang. Le coffre de matelot était maculé de sang. Plusieurs vêtements accrochés le long du mur parmi les toiles d'araignées portaient d'anciennes taches sombres dont je n'eus aucun mal à reconnaître l'origine. Ces vêtements gardaient les traces sinistres de l'attentat qui leur avait donné un autre maître. En poursuivant mes recherches, j'aperçus au fond d'une grande caisse étrangement peinte (je ne savais pas à cette époque que c'était un cercueil chinois), deux ou trois douzaines de masques incompréhensibles, burlesques[2]

1. Lumignon : bout de chandelle.
2. Burlesques : d'un comique grotesque.

et blafards, qui représentaient chacun la face d'une tête de mort. Je pris l'un de ces masques en carton. Je le glissai entre ma chemise et ma poitrine.

Je me hâtai alors de regrimper les cinquante-deux marches de l'antre de Barbe-Bleue. Sur la dernière marche, j'aperçus, assise, et la tête entre ses mains, la servante Anne, qui me regardait d'un air goguenard[1]. J'éprouvai une telle peur que je faillis choir à la renverse. Cela ne dura qu'un moment, car sans hésiter, d'un geste farouche je sortis mon couteau de ma poche, et je dus regarder la fille avec des yeux si terrifiants qu'elle se redressa d'un bond et s'enfuit vers la salle du cabaret où je la suivis en courant sans avoir repris la possession de mon sang-froid.

1. Goguenard: moqueur.

3
Le matelot Pain Noir

Anne, depuis le jour où je l'avais poursuivie, mon couteau à la main – en réalité il n'était pas dans mon intention de m'en servir –, était devenue pour moi une alliée respectueuse et soumise. Elle avait, à genoux, imploré ma clémence et, bon prince, je la lui avais accordée, non sans lui dicter mes conditions.

C'était, en somme, une pauvre créature, née pour être esclave et qui ne demandait qu'à se plier devant la force. À mon insu, et un peu sous l'impulsion de la surprise, j'avais trouvé le geste qui devait m'assurer le respect et, en quelque sorte, le dévouement de cette fille craintive, à la fois bête et rusée.

Elle craignait également l'oncle Benic, qui, tout en lui parlant peu, savait se faire obéir d'elle. Avant mon arrivée dans le cabaret du Bon Chien Jaune, elle lui était parfaitement dévouée. À mon tour, j'avais su devenir le jeune maître et je savais jouer avec habileté de la profitable terreur que j'inspirais à cette misérable jeune fille.

Tout d'abord, je renversai la situation. Ce fut elle qui lava la vaisselle et fit le plus désagréable de ma besogne. Je la regardais travailler, négligemment assis sur le coin d'une table, en jouant avec la lame de mon couteau piqué dans le bois et que je faisais vibrer d'un doigt.

J'étais assez adroit pour ne pas me révéler devant l'oncle Benic, car je ne tenais pas à ce que l'autorité que j'avais acquise sur Anne fût anéantie par une réflexion humiliante du vieux drôle.

L'oncle Benic se louait[1] d'ailleurs de mon ardeur, de ma complaisance et, je peux bien l'écrire sans me vanter, de mon intelligence. Car il fallait en montrer dans ce milieu sinistre où tout le monde mentait pour des buts différents et, peut-être, pour un but unique, mais qu'à cette époque je n'apercevais pas.

Bien des fois, car en ce temps j'avais l'étoffe d'un franc coquin, j'avais essayé par mon attitude de provoquer sinon des confidences, mais tout au moins la confiance de l'oncle Benic. Encore aujourd'hui, maintenant que je revis non sans émotion tout mon passé, pour en décrire les aventures, je ne m'explique pas très bien la conduite de l'oncle à mon égard. J'ai vécu deux années au

1. Se louait : se réjouissait.

cabaret du Bon Chien Jaune, deux années pendant lesquelles mon oncle ne se départit jamais de sa méfiance envers moi.

Maintenant que je sais tout sur son compte, je ne peux m'empêcher d'admirer, en quelque sorte, la force de caractère de ce coquin farouche qui ne se confiait à personne et vivait seul dans un milieu terriblement dangereux, au milieu des trésors pittoresques qu'il avait accumulés.

Anne connaissait peu de chose sur l'oncle. Elle ne soupçonnait pas l'existence des richesses dans ce souterrain. Le jour où elle me surprit comme je remontais l'escalier, elle fut encore plus émerveillée de mon audace qu'épouvantée par la vue de mon coutelas.

J'essayai bien de la faire parler sur Pain Noir. Elle avait peur de lui. C'est tout ce que je pus tirer d'elle.

Par contre, elle avait entendu assez souvent Benic causer avec ses complices de ces fameux morts que l'oncle, confiant en ma niaiserie de petit paysan peu dégourdi, m'avait longtemps fait prendre pour des bouteilles.

Anne, à dire vrai, n'en connaissait pas long sur ce sujet : mais pour elle ce n'était pas des bouteilles. Elle savait que l'oncle Benic donnait cinquante écus pour un mort. Et elle avait vu, de ses yeux, un matelot qui ne demandait pas mieux que d'accepter cette somme. On ne s'était pas méfié d'elle ce soir-là, car elle faisait semblant de dormir. Elle avait entendu la conversation de Benic, de Pain Noir et du matelot. Mais elle n'en avait guère saisi le sens. Ce détail ne m'étonnait pas, car les clients du Bon Chien Jaune parlaient toujours assez mystérieusement de leurs affaires dans leur jargon d'argot. Le bagne, qu'ils appelaient le Grand Collège, donnait ce ton à leurs propos. Les gardes-chiourme et les officiers, comites et sous-comites à bord des galères, ne valaient souvent pas mieux que les forçats. Ils trafiquaient avec l'oncle Benic. Les forçats trafiquaient aussi avec l'oncle. Ils lui vendaient des petits bateaux qu'ils enfermaient dans des bouteilles. L'oncle Benic revendait, avec un bon bénéfice, ces petits bateaux aux bourgeois de Brest.

Je regrettais amèrement de ne m'être point trouvé à la place d'Anne. Il est probable que je n'en eusse pas été plus avancé, car j'ai tout lieu de croire que les habitués du Bon Chien Jaune n'auraient pas agi franchement en ma présence.

– Ils disaient comme ça, me racontait Anne, qu'un mort à trente écus, cela ne valait pas la peine de tenter la fortune. Votre oncle répondait qu'à ce prix-là, il trouverait des morts autant qu'il en aurait besoin. Votre Pain Noir, oui dame, voulait donner quarante écus. Alors votre oncle gémissait. Je n'en ai jamais su davantage.

D'après ce que me disait Anne, je pensais que mon oncle achetait des cadavres. Je ne savais, cependant, pas pourquoi. Et je ne savais pas non plus pourquoi certains hommes vendaient leur existence au «Grivois» pour des sommes qui ne dépassaient pas cinquante écus.

J'en parlai à Virmoutiers, en qui j'avais confiance. L'homme gratta sa tête rasée sous son bonnet de laine.

– Écoute, petit, ce que tu me dis là a son importance. Je ne suis pas au courant. Pour dire vrai, je ne comprends pas, mais je comprends que les fanandels[1] et ton oncle combinent quelque chose de chenu[2]. C'est comme ça qu'un jour on fait connaissance avec Charlot[3]. Quant à toi, il ne faut rien dire. Il ne faut pas parler de cela, surtout à la servante. Cette marque-là[4] te vendrait pour un bout de larton savonné[5]. Crois-moi, ouvre les yeux et les oreilles. Je vais réfléchir et je reviendrai dans trois jours avec Suce-Cannelle.

Il désigna d'un geste de la tête le garde-chiourme qui l'accompagnait pour le surveiller durant sa corvée. Car, en principe, Virmoutiers devait peindre une croix blanche sur les maisons du Pont-de-Terre où l'épidémie continuait à faire de nombreuses victimes. Comme il fabriquait fort proprement des tabatières que Suce-Cannelle

1. Fanandel : camarade.
2. Chenu : bon (argot).
3. Charlot : le bourreau.
4. Cette marque-là : cette fille-là (argot).
5. Larton savonné : pain blanc (argot).

revendait avec profit, ce dernier lui permettait de s'attabler dans l'angle le plus obscur du cabaret du père Benic.

J'éprouvais pour ce forçat une grande amitié. Il fut mon triste professeur et si j'ai pu me sortir à temps de la boue où je m'enlisais chaque jour, ce n'est certes pas de sa faute.

L'argousin vint interrompre notre conversation. Il siffla et tout aussitôt Virmoutiers disparut comme un chien.

– Que vous a dit ce bandit ? me demanda l'oncle à brûle-pourpoint.

– Il m'offrait de m'apprendre à confectionner des moules pour couler des pipes à tabac. Il connaît un potier qui se chargerait de les cuire.

– Tenez, dit l'oncle, prenez donc ce faubert[1] et nettoyez-moi la salle, après quoi je vous donnerai une lettre, une lettre qu'il faudra remettre en mains propres à M. Pain Noir. Pouvez-vous accomplir cette mission ?

– Oh, mon bon oncle ! répondis-je, sur un ton de reproche.

Je ne fus pas long à nettoyer la salle. Quand j'eus terminé, l'oncle me présenta une grande enveloppe blanche qui portait cinq cachets de cire[2]. Je savais où habitait Pain Noir, dans le quartier des

1. Faubert : balai.
2. Cachet de cire : empreinte gravée sur de la cire rouge qui permet de fermer une lettre.

Sept Saints, pour y avoir souvent porté des bouteilles de rhum ou d'eau-de-vie.

– Et si Pain Noir n'est pas chez lui ? demandai-je à l'oncle.

– Vous attendrez, en vous promenant de long en large, et surtout en ne tenant pas cette lettre devant vous comme un cierge. Faites-moi le plaisir de la glisser dans la poche de votre bel habit. Elle est assez large.

C'était exact. L'habit trop grand pour moi n'était raccourci que des basques et des manches. Il possédait deux poches aussi vastes que des sacs de voyage. J'étais très vaniteux sur le sujet de la toilette et la réflexion de l'oncle Benic m'humilia profondément. Je fus sur le point de répondre insolemment, mais je me contins. L'essentiel pour moi était d'avoir la lettre et au besoin quelques heures devant moi.

Je partis en courant. Tout d'abord, il me fallait provoquer une absence de Pain Noir. Un galopin que je connaissais se chargea d'aller prévenir l'honorable matelot qu'on l'attendait dans un petit cabaret de Recouvrance. J'attendis assis sur une borne le retour de mon commissionnaire. Ma ruse avait réussi. Pain Noir s'était rendu au rendez-vous et je le connaissais assez pour savoir qu'il ne reviendrait pas sans avoir vidé une ou deux bouteilles. J'étais tranquille de ce côté-là pendant deux bonnes heures.

Mon excellent oncle ignorait sans doute, en me confiant sa lettre, que je savais faire sauter un cachet sans l'abîmer. C'est une petite habileté qui peut servir dans la vie. Je m'appliquai donc soigneusement à soulever les cinq cachets. C'est une question de patience et de soin quand on connaît le procédé, en vérité, très simple. Mais n'attendez pas que je le révèle ici.

Je parvins au bout de ma tâche non sans avoir tiré la langue avec application. Ma déception fut grande de ne trouver à l'intérieur de l'enveloppe qu'une feuille de papier blanc. J'avais beau la retourner de tous les côtés, je n'apercevais aucune trace d'écriture. Je venais d'avoir quinze ans, mais j'étais déjà un jeune renard. Cette feuille de papier blanc ne me disait rien qui vaille. L'oncle avait-il voulu m'éprouver ? Il ne pouvait pas savoir que je savais décacheter une lettre scellée. Non, en réfléchissant bien, il y avait autre chose, et si le père Benic se méfiait de quelqu'un, en l'occurrence ce n'était pas de son neveu.

Un seul homme pouvait me tirer de cette affaire. Je pris une décision énergique. Je savais que Virmoutiers devait se trouver en corvée dans les petites ruelles du Pont-de-Terre, où l'épidémie faisait rage. Malgré ma peur – car la seule évocation de cette maladie épouvantable me faisait frissonner des pieds à la tête – je n'hésitai pas.

La pluie avait détrempé le sol et la boue assié-geait les maisons, une boue liquide qui pénétrait sous les portes. Ce quartier, le plus mal famé de Brest, semblait mort. Et en effet, la mort y avait installé ses quartiers. J'aperçus quelques maigres silhouettes d'hommes coiffés du maudit bonnet des fagots[1]. Parmi eux, je reconnus mon ami Virmou-tiers, maigre et voûté, avec sa tête de vieille tortue cruelle.

Lui-même me vit de loin. Il me fit signe de m'ar-rêter et de me cacher derrière un pan de mur. J'avais l'entendement vif et je lui obéis. J'attendis sans impatience, car je savais que Virmoutiers sau-rait bien trouver un moyen de déjouer l'attention des gardes-chiourme qui, au nombre de trois, nous tournaient le dos pour respirer dans la direction du vent pur qui venait de la campagne.

J'attendis peut-être cinq minutes, et Virmoutiers apparut à l'angle du mur. Tout en me parlant, il faisait semblant de chercher des grosses pierres, pour ne pas éveiller l'attention des gardiens.

– Qu'y a-t-il, petit ?

– Voici une lettre de l'oncle à Pain Noir. Je l'ai décachetée comme tu me l'as enseigné. Mais il n'y a rien sur le papier.

– Fais voir, dit Virmoutiers.

1. Fagot : forçat (argot).

Je lui tendis la feuille de papier, qu'il examina avec soin. Puis il me la rendit.

– Tu vas t'éloigner d'ici, petit gars, puis tu allumeras du feu et tu feras chauffer doucement sans la brûler ta feuille de papier. Alors, l'écriture apparaîtra. Sauve-toi. Je te verrai ce soir au cabaret et tu me diras ce qu'il y avait sur la lettre.

Je m'éloignai à toutes jambes de ce lieu maudit. Il me fallait du feu. Une commère faisait bouillir sa lessive devant sa porte. Je m'approchai de son feu comme pour me chauffer et je tendis ma feuille de papier devant la flamme en prenant bien soin de ne pas la brûler.

À ma grande surprise, je vis l'écriture apparaître et mon admiration pour Virmoutiers ne connut plus de bornes.

Je pus lire enfin ces mots :

« Viens ce soir à minuit. Il y aurait sept morts pour le prochain départ de la Grâce-de-Marie. *Le bossman est au courant. »*

Je refermai soigneusement l'enveloppe, remis les cachets en place et je courus chez Pain Noir. J'eus le bonheur de l'attendre plus d'une demi-heure. Quand il fit son apparition au coin de la rue, j'étais innocemment assis, jambes ballantes, sur une borne, devant sa porte.

– Voici pour vous, Pain Noir, une lettre pressée. Il y a près de deux heures que je vous attends.

Pain Noir, qui paraissait de fort méchante humeur, prit la lettre et rentra dans sa demeure, sans même me dire merci.

Il ne me restait plus qu'à rentrer au Bon Chien Jaune et à préparer mon plan pour assister sans être vu à l'arrivée de ces « morts » qui me donnaient la fièvre. Il était nécessaire d'être prudent, car je sentais que les choses se gâteraient si l'oncle parvenait à découvrir que je l'espionnais depuis deux ans. Je craignais encore plus Pain Noir que l'oncle Benic.

Je connaissais les moindres recoins de la grande salle. Elle était traversée dans sa largeur par une énorme poutre qui donnait dans mon grenier. À l'endroit où elle pénétrait dans ma soupente le mur était écroulé. Il ne restait qu'une grosse pierre branlante que je pouvais déplacer facilement. De cette manière, il m'était aisé de suivre la poutre en me glissant entre elle et le plafond de la grande salle.

Je m'exerçai à ce jeu un peu avant le repas du soir. En cas d'alerte, c'est-à-dire en cas qu'il prît fantaisie à l'oncle de monter dans ma soupente, j'avais le temps de regagner ma paillasse avant qu'il eût grimpé l'escalier. Je replaçais derrière moi la pierre et le tour était joué.

Après le souper, je montai me coucher, vers huit heures du soir. Il y avait peu de clients dans la grande salle : quelques soldats du régiment de Soissonnais, en quartier au Château et un certain La

Tulipe, qui portait l'uniforme blanc des tambours de la communauté.

C'étaient des clients relativement tranquilles. Ils burent une ou deux bolées de cidre et s'en allèrent sans tapage. Derrière eux l'oncle ferma ses volets. Et je n'entendis plus aucun bruit dans la demeure quand Anne eut fermé pour la nuit la porte du taudis où elle reposait.

J'étais rompu de fatigue et il me fallut faire des efforts inouïs pour ne pas choir dans le sommeil. L'oncle monta trois fois à pas de loup pour voir si je dormais. Je sus lui inspirer confiance en ronflant comme un sonneur de cloches. J'entendis une à une les heures criées par le veilleur de nuit. Et quand il annonça : « Il est minuit. Il fait beau temps ! » je m'assis sur ma paillasse, merveilleusement éveillé, attentif au plus léger bruit.

J'entendis mon oncle ouvrir tout doucement la porte de la rue. Je profitai de ce moment pour déplacer ma pierre et me glisser le long de la poutre. J'étais à peine installé que deux hommes pénétrèrent dans la grande salle. À cause du peu de clarté répandue par une petite lanterne sourde, je ne pouvais guère apercevoir leurs visages. Trois autres vinrent rejoindre les deux premiers. Il se passa encore quelques minutes et deux individus apparurent, suivis de près par un huitième personnage que je reconnus pour Pain Noir, grâce à son chapeau luisant.

Ils étaient donc sept dans la salle, sept hommes bien vivants, que l'oncle et Pain Noir appelaient des « morts ». Mes yeux s'habituaient à l'obscurité. Ces futurs morts étaient habillés à la mode des matelots. Leurs visages étaient marqués par le Diable. Cela ne me surprit guère, car la clientèle du Bon Chien Jaune ne m'avait jamais révélé l'image consolante de la vertu.

Mais ce qui me laissa perplexe, ce fut de voir, en place des cadavres que je m'imaginais, des hommes bien vivants. Je me torturais l'esprit à me demander quelle pouvait être la cause de ce macabre surnom, quand Pain Noir éleva la voix.

– Sors-nous tes pistoles[1], tes écus et tes livres[2], Benic, et verse du rhum à tous ces bons garçons. Je reconnais Tom Crow, qui a dû naviguer, si ma mémoire est bonne, avec le capitaine Charly Vane. Cela ne te rajeunit pas, matelot. Et cette fois encore, tu vas embarquer sur le *Hollandais-Volant*, le navire des morts… Ah ! Ah ! *Les morts du Hollandais-Volant !* De fameux coquins, s'ils te ressemblent tous.

– Merci pour le coquin, fit Tommy Crow. Et à ta santé, camarade. L'enfer nous réunira un jour ou une nuit.

---

1. Pistole : ancienne monnaie d'or espagnole.
2. Livre : ancienne monnaie française.

– Ce n'est pas tout ça, interrompit l'oncle Benic. Vous êtes recrutés par Pain Noir pour être inscrits au rôle d'équipage du *Hollandais-Volant*. Vous embarquerez après-demain matin au petit jour sur la chaloupe la *Grâce-de-Marie*, où vous trouverez un homme qui vous conduira chez un estimable commerçant de Londres. Là, vous trouverez d'autres matelots, qui ne demandent pas mieux que de faire des morts…, des morts de combat, ricana l'oncle. Je vais vous verser votre prime et c'est à Londres que mon ami Watson vous dirigera vers votre damné bâtiment. Soyez braves, joyeux et discrets, et n'oubliez pas que les bavards dans ces sortes d'entreprises sont souvent promus au titre d'évêque de campagne qui bénit la foule avec ses pieds[1].

Cela dit, l'oncle Benic prit un sac de toile assez lourd. Il en sortit des pièces d'or et compta à chacun sa part.

On but ferme le restant de la nuit dans la salle du Bon Chien Jaune. Pour moi, je ne cessais de me tourner et de me retourner sur ma paillasse. L'aventure me tourmentait. J'avais vu les fameux morts. Ces morts, quoique vivants, étaient d'incontestables bandits. Ils partaient cependant pour une expédition mystérieuse qui me tentait fort. J'avais entendu parler du fameux *Hollandais-Volant*, ce

1. Allusion aux pendus.

navire fantôme qui sème la désolation sur toutes les mers. La *Grâce-de-Marie*, petit brick[1] ancré dans le port de Brest, m'offrait les clefs d'une aventure qui faisait bouillir mon sang dans mes veines. Quand je m'endormis, je savais déjà ce que j'allais faire.

1. Brick : voilier.

4

Ratcliff Highway

Après avoir enfermé dans une gibecière de chasse, que j'avais trouvée dans le grenier, du pain, du fromage, du sucre et une fiole d'eau-de-vie, je complétai mon équipement en y adjoignant mon solide couteau de matelot, un petit pistolet de poche avec sa poire à poudre encore pleine et une douzaine de balles. Cette petite arme en fort bon état me donna une confiance extraordinaire en mes propres forces. Je venais d'atteindre mes seize ans. J'étais solide comme un jeune chêne et souple également, et je ne craignais rien si ce n'est les apparences humaines qui errent la nuit dans certains endroits prédestinés.

– Dans la journée – le prétexte d'une course me fut facile à invoquer – j'allai reconnaître la position du brick la *Grâce-de-Marie*. Il était embossé[1]

1. Embossé : ancré.

à quelques encablures[1] de l'Elorn. Je le voyais se balancer mollement au gré de la brise. C'était un petit navire d'apparence honnête. Sur la rive devant le village de Portsein des tonneaux étaient rangés, prêts, sans doute, à être embarqués.

Un vieux matelot les contemplait d'un air approbateur en fumant du tabac dans une longue pipe en terre blanche.

– C'est à vous, ces tonneaux, monsieur le capitaine ? lui demandai-je.

Le matelot visiblement flatté me répondit avec bonhomie. Ces tonneaux n'étaient pas à lui. Il se contentait d'admirer ces solides tonneaux, parce qu'à son avis, un tonneau était une des plus belles créations du génie de l'homme. On devait, d'ailleurs, embarquer dans la nuit ces tonneaux sur le petit bâtiment que l'on apercevait à l'entrée de l'Elorn, c'est-à-dire sur celui que je considérais déjà comme *mon* brick.

– Quant à moi, conclut le matelot, je vais aller manger la soupe, il se fait tard. Mais, à mon avis, voici de jolis tonneaux. Tu pourras dire plus tard, mon gars, que tu as vu dans ta vie ce qu'on peut appeler de jolis tonneaux. À ton âge, je n'en avais pas tant vu. Bonne nuit.

– Adieu, grand-père !

1. Encablure : ancienne mesure de longueur équivalant à 200 mètres environ.

Il s'éloigna paisiblement en se dandinant sur ses courtes jambes. Je revins au cabaret du Bon Chien Jaune.

– Où étais-tu ? gronda l'oncle. J'avais besoin de toi et c'est Anne qui a fait ton ouvrage. Je ne sais ce qui me retient…

Il leva la main sur moi, mais il vit une drôle de lueur dans mes yeux et se radoucit.

On entendit à ce moment un coup de canon dans la direction du Château.

– Un forçat s'est évadé, dis-je.

L'oncle ne répondit pas. Il prit son chapeau et sa canne, et se tournant vers Anne et moi :

– Il y a de la viande dans le pot-au-feu. Vous mangerez sans m'attendre. Je rentrerai dans la nuit. Vous fermerez le cabaret à la tombée de la nuit.

Cette décision me procura un grand plaisir. Dès que l'oncle eut tourné le coin de la rue, je me mis à table de joyeux appétit, sans prêter attention aux jérémiades de la servante qui se plaignait de ce que je lui laissais faire toute la besogne. Au crépuscule, nous fermâmes le cabaret. Je fis semblant de monter dans mon grenier et je pus m'enfuir avec ma gibecière sans que la fille s'en doutât.

Dans la rue, je me mis à courir comme un voleur et j'arrivai à Portsein après mille difficultés, car on n'y voyait pas à deux pouces et cette nuit affreusement sombre agissait sur mon imagination.

Quand j'arrivai près des tonneaux, j'aperçus un groupe de trois hommes. Avant que j'aie pu esquisser un mouvement pour les éviter, l'un d'eux s'écria :

– Ah bon ! en voici un autre, qu'il embarque tout de suite avec vous. Hé, l'homme, par ici !

Je saisis ma chance à pleines mains. Je m'approchai d'eux et en riant je leur dis :

– Je suis pourtant bien jeune pour faire un mort.

– Dépêche-toi d'embarquer, le canot est prêt. Il reviendra tout à l'heure pour prendre les autres. As-tu vu Pain Noir et le Grivois ?

Cette demande me rassura. L'oncle et Pain Noir n'étaient pas encore arrivés. Je répondis négativement en leur disant que Benic ne tarderait pas à venir. Cette traduction du mot Grivois enleva les doutes de ces hommes s'ils en eussent éprouvé à mon égard. Je me hâtai de descendre dans le canot. J'y étais à peine installé que je débordai avec la gaffe[1]. Deux matelots souquaient[2] ferme sur les avirons. Nous étions peut-être à cent toises[3] du rivage, quand j'entendis la voix de mon oncle. Il disait :

– Ce n'est pas la peine que je monte à bord, cela vous retarderait, et le temps presse. Il faut commencer la course à la fin du mois. Dites-le bien à Watson – c'est important pour les prix.

1. Gaffe : perche servant à manœuvrer le canot.
2. Souquaient : ramaient.
3. Toise : ancienne mesure de longueur équivalant à 1,80 mètre environ.

– Tais donc ta grande gueule, fit une voix.

Il y eut un brouhaha confus. La masse sombre de la *Grâce-de-Marie* surgit tout d'un coup à notre droite. On nous jeta un filin[1] du bâtiment, je grimpai le premier comme une araignée au bout d'un fil.

Il me sembla qu'il régnait sur le brick une activité un peu désordonnée.

Un matelot à côté de moi s'adressa à un grand homme sec qui paraissait le skipper[2] de la *Grâce-de-Marie*.

– Il reste encore des tonneaux à terre.

– Ah! fit l'autre, laisse-les, ils sont vides et nous avons juste le temps d'embarquer les autres. On va lever l'ancre tout de suite. Siffle l'équipage au cabestan[3].

Comme les autres, je pris ma place au cabestan. À ce moment, les derniers hommes de l'équipage, parmi lesquels se trouvait Pain Noir, accostaient le brick avec la chaloupe.

Grimpé dans la voilure sur les plus hautes vergues[4], je pus me soustraire à une rencontre trop prompte avec Pain Noir. Je craignais d'être débarqué si ma situation venait à être dévoilée avant qu'on ne fût loin de terre. Après… après je n'étais

---

1. Filin: cordage.
2. Skipper: commandant.
3. Cabestan: treuil servant à enrouler un câble.
4. Vergue: longue pièce de bois disposée en travers d'un mât pour soutenir une voile.

pas très rassuré sur l'issue de ma tentative. Je pouvais tout redouter de ces hommes et je tâtai dans ma poche mon couteau et mon pistolet que j'avais chargé et amorcé.

Nous passâmes devant Saint-Mathieu, dont la lanterne brillait faiblement dans la nuit. Nous élongeâmes[1] la terre vers le Conquet. Une bonne brise nous poussait vent arrière. Il fallut prendre des ris[2] et ralentir notre course, car la navigation dans ces parages est particulièrement dangereuse. J'aidais à la manœuvre, et tant bien que mal je me rappelais les conseils de mon père. Je regardais faire les autres, je ne m'en tirais pas trop mal. Complètement absorbé par mes nouvelles fonctions, j'en étais arrivé à oublier ma situation, quand une voix que je connaissais trop me héla au pied du grand mât.

Je tournai la tête et aperçus Pain Noir monté dans les haubans[3] :

– Hé, le matelot, descends un peu par ici.

L'heure était venue de régler nos comptes.

Je descendis avec précaution. D'une main, tenant les haubans et de l'autre mon couteau ouvert dans ma ceinture. Je gardai mon pistolet chargé comme dernière ressource.

1. Élongeâmes : longeâmes.
2. Prendre des ris : serrer quelques bandes horizontales de la voile pour réduire sa surface.
3. Hauban : cordage servant à étayer un mât.

Le jour s'était levé et Pain Noir, qui m'examinait le nez en l'air, avait eu tout le temps de me reconnaître.

– Par quel hasard es-tu ici ? C'est une histoire que je voudrais bien connaître. Alors, c'est toi l'homme en trop ?

Il siffla, et plusieurs hommes d'équipage apparurent sur le pont : à leur tête se trouvait le skipper à la longue figure jaune.

– C'est un espion, hurlait Pain Noir. Je le connais, c'est ce vilain petit cabillaud, le neveu de Benic. Il faut le jeter par-dessus bord et sans hésiter.

– Pain Noir, dis-je d'une voix changée – mais je n'avais pas peur, non, dame ! – Pain Noir, je te connais moi aussi, tu n'es qu'un sale petit poisson de rivière. Je n'ai pas peur de toi et si tu es un homme, jette ton habit et prends comme moi ton couteau. On verra alors le jugement de Dieu.

Dans mes luttes avec les jeunes vauriens de Kéravel, j'avais pris l'habitude de la décision. Je vis Pain Noir blêmir et j'eus conscience qu'il fallait agir. Sans me servir de mon couteau, je logeai mes deux poings dans sa figure, un pour chaque œil, et d'un coup de tête de vrai Breton je couronnai mon œuvre en envoyant mon adversaire contre une pile de prélarts[1], où il s'écroula sur le dos.

1. Prélart : toile imperméabilisée.

D'autres matelots s'avançaient vers moi, surpris par la soudaineté de mon attaque. Alors, je sortis mon couteau et je reculai pas à pas vers l'arrière où il n'y avait personne.

– Il faut laisser ce petit, fit une voix que je n'osai reconnaître. Il faut le laisser, par le sang du Christ ! Ou vous saurez tous ce que peut valoir un fagot de Pantin !

Je reconnus Virmoutiers. Et le cœur débordant d'allégresse, je criai :

– À moi, Virmoutiers…, moi aussi, je suis un gentilhomme de fortune et d'une autre race que ce damné chien !

– Ferme ton couteau, Louis-Marie, et ne parle pas en mal de ces hommes. Ils savent maintenant que tu es un vrai frère de la Côte. Je me porte garant de ton honneur.

– Compagnons, dit-il en se tournant vers les matelots indécis, ce petit est brave et loyal. C'est le neveu de Benic. Il ne nous trahira jamais. Je vous demande de l'accepter parmi nous et de lui faire jurer sur la Bible fidélité au Pavillon Noir.

– Ma foi, répondit le grand skipper, ce jeune thon me plaît. Il vaut un homme. Ça fera un mort de plus sur le *Hollandais-Volant*. Qu'il reste ici. Je vais réunir l'équipage et délibérer. On mettra aux voix son admission. Ensuite de quoi il prêtera serment sur la Bible de Léonnec.

– Je jure fidélité au Pavillon Noir, criai-je en

levant la main, car en ce moment l'enthousiasme m'illuminait des pieds à la tête.

Une demi-heure plus tard, après avoir prêté serment sur la vieille Bible de Léonnec, j'étais sacré gentilhomme de fortune. Pain Noir remis de ses coups vint lui-même me tendre la main. L'amitié de Virmoutiers me protégeait contre la haine perfide de ce damné congre.

Nous remontâmes tout doucement la Tamise jusqu'à la ville de Londres, dont nous apercevions maintenant les maisons à droite et à gauche. Il faisait nuit quand nous entrâmes dans le port et mille petites lumières rouges, vertes et jaunes brillaient dans la nuit et se reflétaient dans l'eau.

J'étais émerveillé. Je n'avais jamais vu une ville aussi importante. Nous naviguions depuis deux heures et nous n'apercevions pas encore la fin des maisons. Nous devions nous mettre à quai dans un faubourg de Londres, à Poplar. On nous attendait pour prendre livraison de notre marchandise composée de légumes et de fruits enfermés dans des tonneaux et des paniers en osier.

Nous accostâmes le long d'un quai éclairé par des lanternes suspendues à des potences de fer. Un gros officier rogue[1] et rouge comme un filet de

1. Rogue : dur et méprisant.

bœuf cru nous attendait en ronchonnant. Il visita notre cargaison, remit un parchemin au skipper et nous donna, sur un retentissant « *Good night !* » l'autorisation de débarquer nos marchandises et nous-mêmes.

Il était dix heures du soir quand je fis mon entrée, en vérité peu solennelle, dans la belle ville de Londres. Quand les marchandises furent débarquées, Tom Crow, qui devait nous servir de guide, nous réunit tous les huit, puisque je faisais régulièrement partie de la bande, et en nous recommandant de bien le suivre pour ne pas nous égarer, il alluma une lanterne et prit la tête de notre petite troupe.

J'étais en arrière avec Virmoutiers, qui lui aussi connaissait Londres pour y avoir fait un séjour assez long au temps de sa jeunesse.

Nous nous éloignâmes un peu du bord de la Tamise à travers un dédale compliqué de petites rues noires, où par-ci par-là un bouge[1] à matelots laissait passer sous sa porte une lueur rougeâtre. On entendait des cris et des rires et de drôles de voix qui s'injuriaient avec des mots que je ne comprenais pas.

Virmoutiers écoutait et paraissait ravi :

— C'est en vérité une belle langue que la langue anglaise, on peut dire tout ce que l'on pense d'un homme que l'on considère comme un failli[2] chien.

---

1. Bouge : taudis.
2. Failli : personne qui a fait faillite.

Au tournant d'une petite rue, occupée par une bande de matelots qui se chamaillaient, nous aperçûmes une maison dont la porte ouverte nous laissa voir une grande cheminée où flambait un feu de bois.

– C'est ici, fit Tom Crow. Nous sommes dans l'auberge de Katie Davis, et cette rue s'appelle Ratcliff Highway. Il ne fait pas bon de s'y promener le soir sans son coutelas.

Nous entrâmes dans l'auberge de Katie Davis, poliment, le chapeau ou le bonnet à la main.

Katie Davis nous reçut cordialement. C'était une vieille femme au visage couperosé. Elle était charpentée comme un garde du Roi et savait se faire respecter d'une clientèle que je ne pouvais mieux comparer qu'à celle de l'oncle Benic.

Nous nous assîmes autour d'une grande table. Une servante rousse et boiteuse nous apporta du punch qui flambait dans un saladier de grosse faïence. Nous bûmes silencieusement. J'étais fort intimidé par mon premier contact avec la terre étrangère.

Je ne cessais de répéter : « Oui, madame, merci, madame, à votre obéissance », etc. J'avais l'air d'un véritable niais et je me sentis souvent rougir de confusion. Nous étions huit chevaliers de fortune, des Bretons, à l'exception de Virmoutiers et de Tommy Crow, un Anglais. Virmoutiers parlait la langue du pays : les autres en comprenaient quelques mots. Je ne pus suivre une conversation animée qui ne tarda pas à s'engager entre l'hôtesse et mes compagnons. Je crus, cependant, plusieurs fois entendre le nom de mon oncle. J'en conclus que le vieux coquin était célèbre dans le monde et, à cette époque, j'étais si fat[1] et si perverti que j'en tirai quelque vanité.

Un moment, Virmoutiers posa sa main sur mon épaule et dit quelques mots qu'il m'expliqua tout aussitôt :

— Je dis que tu es le neveu de Benic.

L'hôtesse s'approcha de moi, me tira l'oreille amicalement.

J'ouvrais mes yeux tout grands pour regarder autour de moi. De grands hommes roux discutaient avec Tom Crow et Virmoutiers. Tous firent silence. Dans l'embrasure de la porte, énorme et massif, son visage blafard éclairé par le feu, le capitaine Mathieu Miles fit son entrée. Il secoua son manteau mouillé par les embruns[2] et regarda tout le monde à la ronde. Je remarquai sur son visage glabre une longue cicatrice qui allait de l'oreille droite à la pointe du menton.

Mathieu Miles s'assit sur un tabouret, les jambes écartées à cause de son énorme ventre.

1. Fat : prétentieux.
2. Embruns : gouttelettes d'eau projetées par la mer.

– Combien d'hommes ? fit-il.

– Huit, répondit Virmoutiers.

– Tiens, fit le capitaine qui parlait français sans accent, tu as lâché le Grand Collège ?

– J'ai toujours été un ingrat, fit Virmoutiers en ricanant.

– Le petit a-t-il navigué ? demanda encore Mathieu Miles.

– C'est sa première course, mais il est courageux.

– On l'essaiera, dit le capitaine. Et s'il ne réussit pas, je le ferai passer par-dessus bord.

Tel était l'homme sous les ordres de qui je devais servir.

Ce ne fut que deux jours après, deux jours d'ennui presque désespéré, durant lesquels je ne pus sortir, que Virmoutiers m'enseigna les premiers rudiments de ma nouvelle condition. Le capitaine ne voulait pas nous voir errer dans cette ville que la plupart d'entre nous ne connaissaient pas. Je dus par la fenêtre de ma chambre contempler la sordide agitation de la Ratcliff Highway. De tristes femmes, souvent ivres, se mêlaient à la racaille des gens de mer. Des enfants demi-nus se roulaient dans la boue ou se battaient comme des chiens pour un os. La misère me parut grande dans ce quartier mal famé. Les nuits étaient troublées par des clameurs de rixes et les hurlements des victimes.

Virmoutiers, pour tuer le temps, s'évertuait à m'inculquer sa connaissance de la langue anglaise, que je devais parler très vite.

– Mais, lui dis-je, pourquoi tes compagnons et toi-même s'appellent-ils des morts : est-ce un mot de votre jargon pour désigner un pirate ?

Virmoutiers se mit à rire :

– Tu le sauras bientôt… Nous devons rejoindre demain un petit port de la côte où nous embarquerons sur notre bâtiment.

– Nous allons donc faire la course, fis-je en poussant un long soupir de satisfaction.

– Tu sais ce que tu risques, si tu es pris ? demanda Virmoutiers.

Je baissai la tête.

– Tu seras pendu, ajouta mon camarade.

Et du doigt il désigna un point dans la direction de la Tamise :

– Ou ici aux Executions Docks, ou à Brest, devant l'église Saint-Louis… Peut-être encore à Quimper… Peut-on savoir… mais il y a des chances pour que ce soit ici à Executions Docks.

– Je ne me laisserai pas prendre, Virmoutiers.

– Tout compte fait, cela vaut encore mieux, mon gars.

Notre captivité dans l'auberge de la vieille Katie Davis prit fin. Nous partîmes au grand jour, deux par deux, sur des voitures chargées de sacs de blé. Nous arrivâmes dans un village au bord de la mer, un petit village de pêcheurs qui ressemblait singulièrement à mon village natal, à ce détail près qu'il était juché sur une falaise.

En descendant du chariot, j'aperçus la mer calme et grise. Au milieu d'une petite crique, devant une belle plage de sable fin, je remarquai un joli schooner[1] et un canot échoué au bord de la plage.

– Voici la *Queen-Mary*, dit Virmoutiers en me montrant l'élégant navire.

Puis il ajouta :

– Nous allons embarquer probablement tout de suite, le capitaine est déjà à bord. Nous allons lever l'ancre comme de braves matelots de commerce, et puis…

– Et puis ? demandai-je.

– Et puis nous irons dans une petite île, sans doute une île de l'archipel breton. Là, nous donnerons à ce schooner une allure nouvelle, plus conforme à ses destinées.

Sur la plage, nous trouvâmes le contremaître Harry Bull.

– Huit ? interrogea-t-il, en levant sa main gauche à laquelle il manquait un doigt.

Nous embarquâmes un à un et nous prîmes les avirons. Cette fois, j'étais bien parti pour suivre l'aventure par des routes que j'avais choisies, hélas ! une nuit que le Diable me conduisait par la main.

---

1. Schooner : bateau de pêche.

5

La « Queen-Mary »
dite le « Hollandais-Volant »

Le capitaine Mathieu Miles nous rassembla tous sur le gaillard[1] d'avant de la *Queen-Mary*.

– Gentilshommes de fortune ! Par le sang du Christ ! Aujourd'hui, nous commençons la grande course. Vous êtes ici sur le *Hollandais-Volant*, dont la réputation n'est plus à faire. Je parle pour les huit matelots qui viennent d'arriver. Qu'ils jurent ici sur la Bible de Rackham fidélité au Pavillon Noir !

Nous jurâmes fidélité, l'un après l'autre.

Mathieu Miles poursuivit son discours :

– Voici le quartier-maître Harry Bull, celui-ci aussi a navigué avec Rackham. Vous lui obéirez comme à moi. Vous connaissez la coutume pour les parts de prise. Elle sera honnêtement respectée. Il faut également réserver une part pour l'armateur :

1. Gaillard : partie du pont à l'avant du bateau.

M. Benic, que le Diable ait son âme et le reste. Celui qui désobéira sera pendu ou jeté au plein. À vos postes de manœuvre. Nous allons lever l'ancre.

Un triple hourra salua le discours du capitaine Miles. Nous étions de vrais forbans[1] et cette éloquence expéditive nous allait droit au cœur.

La *Queen-Mary* était un fin voilier bien armé pour la course. Il possédait vingt pièces de huit dissimulées dans les cales. Chaque homme de l'équipage, qui se composait de cinquante matelots, d'un cuisinier, d'un charpentier, d'un quartier-maître et du capitaine, était armé d'un long coutelas espagnol, d'un mousquet[2] de cavalerie de ligne et d'une paire de pistolets. Ces armes, à l'exception du coutelas, qui était la propriété de chaque matelot, appartenaient au capitaine et à l'oncle Benic. Elles étaient enfermées dans la Sainte-Barbe[3], solidement fermée. Le capitaine en portait toujours la clef sur lui.

Le cuisinier du navire s'appelait Bananas. C'était un nègre de la Jamaïque, un peu simple d'esprit. Il servait de bourreau à bord et c'est lui qui pendait les rebelles ou les traîtres. Enfin, pour en terminer avec le rôle de l'équipage, je dirai que mon ami Virmoutiers, qui avait fait tous les métiers, avait

1. Forban : pirate.
2. Mousquet : fusil.
3. Sainte-Barbe : pièce située à l'arrière du navire dans laquelle est entreposée la poudre des canons.

été promu chirurgien. Il habitait à l'arrière dans le poste du charpentier et du quartier-maître. Le capitaine avait sa cabine où il prenait ses repas. En ma qualité de mousse, je le servais à table. J'étais obligé également d'aider au nègre, ce qui me donnait du déplaisir. Mais à ce poste, je bénéficiais de quelques bons morceaux.

J'appris vite mon métier de matelot, car j'aimais à grimper dans les vergues. Il faut vous dire qu'après avoir laissé derrière nous les côtes britanniques, nous fîmes voile vers une île déserte de l'archipel breton, une des îles Glénan, je crois, non loin d'Ouessant. La mer était belle et, bien que les havres fussent plutôt peu sûrs dans cet îlot, nous pûmes changer l'aspect de la *Queen-Mary*, sa peinture et son nom. Elle fut peinte en noir et blanc et baptisée à nouveau. Elle devint le *Hollandais-Volant*.

C'était une idée de l'oncle Benic. Il espérait que le Vaisseau fantôme resurgi des enfers dans ces passages terrifiants, autour de l'île d'Ouessant, aiderait à la tâche des pirates qui était de piller les navires entre Bordeaux et l'Angleterre.

Nous partîmes de Quémenez au bout de trois mois, durant lesquels je sus retenir assez d'anglais pour me débrouiller à bord. Qui aurait pu reconnaître la *Queen-Mary* dans ce nouveau schooner armé jusqu'aux dents ? Car notre premier soin avait été de remettre les pièces à leur place dans leur sabord[1]. Le pavillon noir flottait à la corne. Nous étions bien les dignes mariniers de ce *Hollandais-Volant*, vaisseau légendaire, qui autrefois avait hanté mes rêves. Ce n'était qu'une duperie. Mais cela nous serrait le cœur à nous-mêmes, de naviguer sur un tel bâtiment.

– Nous tentons la fortune pour la troisième fois, me dit Virmoutiers. Pour la troisième fois, nous faisons la course sous la protection du *vaisseau fantôme*. C'est peut-être une profanation.

Il faut avoir navigué entre les îles, autour d'Ouessant, avoir dansé au bout d'une vergue dans le Fromveur pour savoir ce que vaut la mer, quand elle s'en mêle. Il y avait déjà trois semaines que nous promenions notre navire, sans feux dans le brouillard, au milieu d'un véritable labyrinthe de récifs, quand la vigie[2], au guet dans la gabie[3], signala une voile par notre bâbord[4].

Mathieu Miles siffla l'équipage au poste de combat.

Virmoutiers, le cock, le bossman, se dirigèrent vers la Sainte-Barbe. Ils portaient à pleins bras des maillots et des masques qu'ils jetèrent sur le pont.

– Les morts, à vos postes de manœuvre ! commanda Virmoutiers en ricanant.

1. Sabord : ouverture conçue pour placer un canon.
2. Vigie : guetteur.
3. Gabie : plate-forme élevée.
4. Bâbord : côté gauche du bateau.

À ma profonde stupéfaction, je vis les hommes du *Hollandais-Volant* se dévêtir. Puis ils passèrent une sorte de maillot noir où des bandes d'étoffe blanche dessinaient les os des bras, du thorax, du bassin et des jambes. Ils mirent sur leur visage un masque de cuir qui simulait en noir et blanc la face d'une tête de mort. Ainsi déguisés, ils ressemblaient à des squelettes harnachés en guerre, car ils avaient passé leurs baudriers[1] et leurs ceinturons et tenaient au poing leur mousquet. Leur aspect était véritablement étrange et terrifiant.

Je fis comme eux. Et bientôt, je fus tel un mort effroyable accroché dans les haubans, le coutelas entre les dents et la grenade incendiaire à la main.

Quand tout le monde fut placé à son poste, les canonniers[2] derrière leurs pièces, la mèche à la main, le navire était comme un arbre fantastique garni de squelettes accrochés dans ses vergues, dans ses haubans, et à l'avant, devant le détail de bout-dehors, qui représentait une tête de mort décharnée.

Virmoutiers, qui savait tout faire, monta un orgue sur le pont. Et il se mit à jouer la messe des trépassés. Les sons de l'instrument portaient loin sur la mer, à cette heure calme. Le crépuscule de la nuit commençait à effacer tous les détails à bord.

1. Baudrier : bandoulière.
2. Canonnier : artilleur.

Le navire chassé, qui était un brick de commerce, nous aperçut et tenta de prendre de l'avance en virant de bord pour serrer le vent au plus près.

Toute la voilure blanche du *Hollandais-Volant* était déployée : des torches jetaient de hautes flammes qui se tordaient au vent. Ainsi paré le *Hollandais-Volant* ressemblait à un immense catafalque[1].

Nous gagnâmes de vitesse l'infortuné marchand. En élongeant son bordage par bâbord, nous vîmes l'équipage qui s'était jeté à genoux et levait les bras au ciel. La musique lugubre de Virmoutiers fit le reste. Avant que les mariniers blêmes de frayeur eussent esquissé un simulacre de défense, nous bondîmes à l'abordage, comme des diables, ou plutôt comme des morts à l'assaut des vivants. On ne tira pas un coup de canon. La prise était bonne. L'équipage fut jeté à la mer et je restai secoué d'horreur devant ce forfait perpétré de sang-froid.

Je me mis à regretter amèrement ma folle conduite qui m'avait entraîné vers cette disgrâce. Mais le vin était tiré, il fallait le boire. Je pus cependant me réfugier, sous prétexte de ravitailler les hommes, dans la cambuse[2] du *Hollandais-Volant*, et je ne trempai pas mes mains dans le sang du massacre.

1. Catafalque : estrade sur laquelle on pose un cercueil.
2. Cambuse : lieu de stockage des vivres.

Avant la nuit, nous avions transbordé toutes les marchandises dans nos soutes, tout au moins celles qui nous intéressaient et que nous pouvions revendre à nos receleurs : l'oncle Benic, Katie Davis et un Juif d'Amsterdam nommé Jacob le Renard.

Maintenant je m'expliquais la raison de l'étrange surnom que s'étaient donné mes compagnons de fortune. Cette infâme comédie jouée sur l'eau facilitait leur besogne, et, maintes fois, leur épargnait une lourde dépense de munitions.

Cette mascarade[1] fantastique réussissait toujours. Nous croisions dans cette mer brumeuse autour des îles d'Ouessant, de Molène, de Banalec. Pauvres terres inhospitalières habitées par des pêcheurs dont l'existence était peu enviable.

Mathieu Miles connaissait on ne peut mieux cette région inhumaine où les naufrages s'accumulaient et par leur fréquence nous conféraient une sorte d'impunité. La nature semblait se faire notre complice. Elle nous offrait un décor de choix pour nos macabres inventions.

Nous passions parfois devant un petit hameau, notre funèbre pavillon claquant au vent et tous nos « morts » suspendus dans les haubans. Les gens se signaient sur notre passage. Nous étions pour eux le vrai navire éternellement damné, ce Juif

1. Mascarade : comédie.

errant[1] des mers qui d'un pôle à l'autre chasse sans jamais s'arrêter.

Nous étions parés en vivres et en munitions pour tenir la mer pendant six ou sept mois. Après quoi nous revenions à notre île. On changeait l'aspect du schooner, qui redevenait la *Queen-Mary*. Nous déposions le produit de nos vols dans une cache sûre. En général nous ne gardions que les marchandises peu encombrantes et faciles à revendre. Pour le reste, nous le coulions avec le bâtiment capturé.

Petit à petit nous écoulions nos prises en revenant à Londres, à Brest ou à Amsterdam, sous l'aspect d'un honnête navire marchand. L'oncle Benic et les autres de la bande recelaient les marchandises et les vendaient au profit de tous. Chacun touchait la part qui lui revenait selon son grade ou ses années de navigation sous les plis du pavillon noir.

Depuis le dernier combat – si j'ose employer ce mot – auquel j'avais participé, je me sentais envahi par un affreux dégoût de moi-même. Je ne pouvais plus supporter le souvenir de l'équipage massacré. Je ne pouvais même pas me confier à Virmoutiers. Cet homme était mon ami pour autant qu'il me pensait trempé à son image. Il n'eût pas compris mon attitude, et ce

---

1. Juif errant : personnage de légende qui, ayant «perdu la mort», est condamné à vivre et à voyager éternellement.

qui pouvait rester d'honnête en moi lui eût semblé une déchéance.

La vie à bord du *Hollandais-Volant* devenait d'une platitude dans l'ignominie[1] bien propre à me rendre plus mélancolique que ma nature ne m'y portait. Si étrange que cela puisse paraître, c'est parmi ces brutes que j'étudiai un peu. Virmoutiers, malgré son âme de bandit, fut pour moi le plus précieux des amis. La vie de cet homme demeura toujours un mystère pour moi. Il savait l'anglais et l'espagnol, un peu de médecine, il composait des horoscopes et dessinait sur du papier de jolis bateaux qui me ravissaient. Ce fut lui qui, le premier, me parla des livres, et surtout de l'art d'écrire des livres. Je ne sais pour quelle raison il fut condamné aux galères. Mais à coup sûr il en avait dix plutôt qu'une. Virmoutiers était, au temps de ce récit, un grand vieillard maigre, tanné par les embruns et la misère du bagne. Il devait avoir cinquante-cinq ans. Cet homme, dur et cruel comme les autres, me donna cependant son amitié. C'est pourquoi, aujourd'hui, je ne peux guère penser à cette aventure où il fut mêlé sans me souvenir de son appui et sans honorer sa mémoire d'une pensée, d'une amertume profondément mélancolique.

1. Ignominie : déchéance, bassesse.

6

L'évasion manquée

Des retards dans l'armement du *Hollandais-Volant* nous avaient conduits aux abords de l'hiver. En cette saison la mer est mauvaise autour des côtes et la navigation s'en ressent.

Nous donnâmes la chasse à quelques petits bâtiments de pêcheurs et nous nous procurâmes ainsi une provision de poissons : sardines et thons qui nous permirent d'accumuler les vivres dans nos cales. Il faisait un froid terrible : le froid nous coupait le visage et les poignets quand il nous fallait replier la toile dans la mâture. Nous étions revêtus de grosses blouses de toile huilée et cette toile durcie par les embruns nous mordait les chairs et nous causait des brûlures intolérables. C'est durant ce rude hiver de navigation que je fis, je peux le dire, mon apprentissage de matelot. Plus d'une fois, je fus sur le point de désespérer. Je guettais alors toutes les occasions favorables à une évasion.

Quand les pirates dormaient ou jouaient aux cartes à l'avant, mon service auprès du capitaine me retenait à l'arrière. Assis sur une pièce de huit, je regardais avec convoitise le canot amarré à l'arrière du bâtiment. La houle qui ne cessait de tourmenter la mer le faisait danser d'une manière peu engageante. Et j'hésitais fort à confier ma vie à ce fragile esquif[1] que la moindre lame pouvait précipiter sur la côte pour le réduire en miettes.

Je passais la plus grande partie de mes nuits à combiner des plans d'évasion, à estimer le danger et la chance, à espérer que la mer finirait bien par se calmer et par devenir ma complice pendant les quelques heures nécessaires à mon évasion.

Il me fallait atteindre la grande terre, car les îles ne pouvaient m'offrir un abri sûr. La plupart étaient désertes. Quant à Ouessant, je savais que sa maigre population de pêcheurs ne pourrait résister à l'attaque des pirates qui ne manqueraient pas de me poursuivre. Je connaissais trop Mathieu Miles et Pain Noir pour que je pusse douter qu'ils ne missent cette menace à exécution. J'en savais trop maintenant sur l'équipage. Le secret du *Hollandais-Volant* m'avait été révélé, et il me fallait rester fidèle au Pavillon Noir ou risquer ma vie sans attendre merci de mes compagnons.

Je dois dire qu'à cette époque, si l'on tient

1. Esquif : canot.

compte de mon éducation première, la morale ne rentrait pas dans ce calcul. Le travail pénible de matelot me rebutait et je ne me sentais plus assez de courage pour continuer une vie si rude et si dénuée d'agréments. Toujours entre ciel et eau. Je ne buvais pas et, par ainsi, je ne pouvais m'acoquiner plus intimement avec mes compagnons qui me tenaient rigueur de mon attitude.

Ils ne me ménageaient pas leurs sarcasmes.

– Hé, Louis-Marie, criait Watson en faisant mine de lire une gazette, on demande un enfant de chœur pour servir la messe du Diable. Il n'y a pas de vin dans les burettes. C'est une place qui te convient.

Je faisais mine de rire de ces facéties communes, car je savais qu'il ne fallait pas froisser l'amour-propre des forbans quand ils avaient bu le rhum que Mathieu Miles leur distribuait avec prodigalité[1]. En moi-même je pensais : « Hé, vieux thon d'eau douce, que le Diable te frise les oreilles et te ramone le nez avec une fourche. »

Le *Hollandais-Volant* passait son temps à chasser sur ses ancres et à fuir la tempête en prenant le large. Les îles de l'archipel breton sont ainsi faites qu'elles n'offrent aucun abri pour le navigateur. J'avais fait choix pour me réfugier de la petite île de Banalec. Autant que j'avais pu m'en rendre

---

1. Prodigalité : générosité.

compte en longeant la côte, elle devait être habitée par deux ou trois familles de pêcheurs. Des feux allumés à la tombée du soir confirmaient cette possibilité.

Une nuit je résolus de détacher le canot, de tenter la fortune, d'aborder l'île et de me placer tout bonnement sous la sauvegarde de ces braves gens.

En fuyant un grain qui nous poussait sur le terrible courant, le Fromveur, nous nous rapprochâmes assez près de Banalec pour que de mon poste sur le bout-dehors je puisse apercevoir trois ou quatre silhouettes humaines qui erraient le long d'une méchante plage où la mer écumante roulait des cailloux pointus.

L'abordage de cette plage ne devait pas être facile, à en juger par les tourbillons d'eau mousseuse qui la bordaient d'une dentelle perfide.

Je me décidai enfin à exécuter le plan que j'avais soigneusement combiné. Je pris avec moi mon pistolet et mon fidèle couteau. Les hommes de quart[1] étaient groupés sur le gaillard d'avant et ne s'occupaient pas de moi. Mathieu Miles ronflait dans sa cabine. La mer elle-même semblait s'apaiser pour favoriser mon dessein[2]. En passant devant la cambuse je regardai si Bananas ne s'y trouvait point. Le triste vilain congre ronflait devant son four-

1. Les hommes de quart : ceux qui sont de garde.
2. Dessein : projet.

neau. Je pus prendre quelques biscuits, un peu de poisson salé, et une bouteille d'eau. Pauvres provisions de voyage qui ne m'auraient pas mené bien loin.

Je jetai mon maigre bagage dans l'embarcation, en ayant soin de descendre ma bouteille d'eau avec une corde. Tout était prêt. Je recommandai mon âme à Dieu et, me glissant comme un rat sur le plat-bord, je me laissai aller le long du filin qui retenait la chaloupe. Il me fallut peu de temps pour couper avec mon couteau la corde goudronnée.

Le canot libéré remonta à la crête d'une vague, si haut, que mon cœur se serra tant j'avais peur que ceux de l'avant vinssent à me découvrir.

Tout doucement, je pris les avirons et je me mis à ramer de toutes mes forces. Le bruit de la mer dissimulait le grincement des rames et l'ombre du *Hollandais-Volant* couvrait ma fuite d'un manteau sombre.

Il me fallut parcourir un bon mille[1]. La besogne n'était pas aisée. J'avançais lentement : et le vent soufflant de terre, malgré tous mes efforts pour me tenir en cap, j'embarquais de l'eau qui me glaçait les jambes. Je souquais de toute la vigueur de mes bras et je n'avançais guère à mon gré. Chaque lame, en m'enlevant, me laissait apercevoir la forme du *Hollandais-Volant* que la nuit rendait encore plus tragique.

1. Mille : unité de mesure utilisée par les navigateurs et valant 1 852 mètres.

Un de mes avirons se cassa subitement et sous la violence du choc je m'affalai dans le canot, étourdi et comme privé de sentiments. Un paquet de mer me ranima tout aussitôt en m'inondant de la tête aux pieds. Je n'eus même pas le temps de me rendre compte de l'étendue du désastre que je venais de subir. Mon canot, entraîné dans un tourbillon violent, se rapprochait de la côte avec une vitesse vertigineuse qui allait toujours en s'accroissant. Je compris que ma dernière heure était venue. Je m'étendis, en fermant les yeux, au fond de la barque. Je m'attendais à chaque seconde à être fracassé sur les roches noires et pointues qui surgissaient comme des diables au milieu de leur couronne d'écume.

J'entendais déjà, par avance, l'horrible et bref craquement de ma barque fracassée, quand soudain je me sentis immobilisé au milieu d'un silence surprenant.

J'osai me lever et je constatai avec joie que ma barque venait de s'échouer mollement sur un banc de sable fin entre deux roches. Le canot avait eu juste assez de place pour passer. Un tel miracle me laissa sans force. Mais je n'étais pas, cependant, au bout de mes peines.

En me hissant à travers les goémons visqueux jusqu'à la terre couverte d'herbes, je vis avec angoisse le navire dont tant d'efforts ne m'avaient guère éloigné. Du gaillard d'avant les hommes pouvaient m'apercevoir et quand je considérais d'un autre côté l'île misérable où j'étais venu chercher un abri, ma situation me paraissait presque désespérée. Je me mis à pleurer en constatant l'inanité[1] de ma tentative. Il me fallait uniquement compter sur la bonne grâce et la complicité des habitants de l'île pour échapper à la fureur de Mathieu Miles qui n'allait pas tarder à s'apercevoir de ma fuite.

Plus mort que vif et grelottant de froid, je m'acheminai en me courbant vers l'intérieur de l'île. Une dune recouverte d'ajoncs vint me cacher la mer et le vaisseau maudit qu'elle portait. Alors je hâtai le pas vers un maigre bouquet d'arbres qui dissimulait une petite maison basse construite en terre. Ce fut un adolescent qui m'aperçut et qui se sauva à ma vue sans pousser un cri. Je le vis disparaître par la porte de la cabane comme un blaireau dans son trou.

Un homme sortit bientôt de cette triste demeure et marcha vers moi. Il était misérablement vêtu et ressemblait à une bête de la mer. Ses yeux étaient ceux d'une pieuvre.

Quand il fut à quelques toises de moi il s'arrêta. Je l'attendais moi-même ne sachant quelles étaient ses intentions à mon égard.

– Qui êtes-vous ? fit l'homme.

1. Inanité : inutilité.

– Je me suis enfui de ce bateau et je vous demande protection.

– Ah ! répondit l'homme.

– Cachez-moi quelque part, dis-je, et vous n'aurez pas à le regretter.

L'homme hocha la tête et sembla réfléchir profondément.

– Ce navire, dit-il, en désignant du doigt par-dessus les dunes le mouillage du *Hollandais-Volant*, est un navire de pirates. Eh bien, écoutez-moi. Je ne veux me mêler en rien de cette affaire. À mon avis, vous feriez mieux de reprendre votre canot et de rejoindre votre bâtiment. Je connais trop les hommes du Pavillon Noir pour m'associer à leurs petites querelles. Autrefois j'ai navigué avec eux, aujourd'hui je suis pilleur d'épaves. L'un vaut l'autre. Vous me paraissez jeune et de bonne mine, cela me pousse à vous souhaiter du bonheur. Pour cela, je vous le répète, reprenez votre canot et rentrez à bord. Cela vaudra mieux pour moi, d'abord, et pour vous ensuite. On m'appelle Jean Nividic.

Sur ce, l'homme me tourna le dos et s'en alla tranquillement. Toutefois, avant de disparaître dans son antre, il se retourna une fois vers moi et me cria en mettant ses mains en porte-voix :

– Allez-vous-en… allez-vous-en. Si vous êtes encore là demain matin, mon fils et moi nous prendrons nos mousquets et nous vous fusillerons comme un véritable sanglier.

Ceci dit, il rentra dans sa demeure dont il ferma la porte avec soin. Par une fenêtre, percée dans la muraille comme un créneau, je vis bientôt sortir, telle une couleuvre de son trou, le canon bien fourbi d'un fusil de munitions.

Je serrais les poings de rage. Mais la lutte était trop inégale et je sentais que le farouche naufrageur n'hésiterait pas à mettre sa menace à exécution.

La faim, tout aussitôt cette déception, commença de se faire sentir. Je retournai auprès du rivage où j'avais laissé mon canot. Je retrouvai ma bouteille d'eau douce intacte. Les biscuits avaient été gâtés par l'eau de mer, mais le poisson était encore mangeable. Je me restaurai avec avidité mais sans plaisir. Tout en mâchant mon poisson salé, je me mis à réfléchir sur mon étrange position. J'avais agi comme un enfant impulsif. On ne pouvait s'y prendre plus maladroitement. Il me fallait maintenant, et sans tarder, revenir à mon point de départ en inventant une explication plausible qui pourrait justifier ma fugue.

Je ne me souviens pas d'avoir connu un tel moment de désespoir dans toute ma vie d'aventures. Debout devant la mer et devant mon canot sans rames, je me sentais abandonné de Dieu et des hommes. Ma seule chance de salut était encore de regagner le *Hollandais-Volant*.

Je me mis à suivre la côte, en me dissimulant

derrière les dunes pour ne pas éveiller l'attention de l'irascible[1] naufrageur et de son fils. Je fus assez heureux pour apercevoir dans une crique minuscule un petit canot qui n'avait pas été désarmé. Je m'emparai des deux avirons et je revins vers mon canot qui reposait toujours sur son lit de sable.

Malgré tous mes efforts je ne pus parvenir à le remettre à flot, car la mer s'était retirée à plus de cinq cents pas. Il me fallut attendre la marée. À la tombée de la nuit je pus enfin mettre l'embarcation à la mer et je fis force de rames dans la direction du navire.

Comme j'en approchais en luttant de toutes mes forces contre la mer encore mauvaise, une angoisse m'étreignit le cœur, car il me semblait apercevoir, sur le pont et dans la mâture, les signes annonciateurs du départ. Je voyais le grand foc[2] que l'on avait abattu se mouvoir lentement le long de ses drisses[3]. Je me dressai dans la barque, j'attachai un mouchoir à un aviron et me mis à hurler comme un misérable. Le bruit de la mer couvrait ma voix. Je ne sais par quel miracle un homme du *Hollandais-Volant* aperçut mon signal. Je vis quelques hommes se concerter sur le gaillard d'avant. La discussion paraissait vive. Debout sur mon banc, au risque de chavirer, j'agitais mon drapeau. Je

1. Irascible : coléreux.
2. Foc : voile à l'avant du navire.
3. Drisse : cordage servant à hisser la voile.

reconnus la silhouette de Virmoutiers. Enfin une poulie grinça et je compris qu'on descendait par bâbord, le côté du navire que je ne pouvais voir, une chaloupe à la mer. Je l'aperçus comme elle passait sous le bout-dehors. Elle était armée de quatre hommes. Virmoutiers tenait la barre. Il me héla :

– Hé Louis-Marie ! Hé du canot !

J'étais à bout de forces et mes bras aussi faibles que ceux d'une fillette ne purent tenir les avirons quand je voulus les saisir.

Mais le canot commandé par Virmoutiers arrivait sur moi. Il manœuvra pour me lancer une amarre que j'attachai solidement à mon avant.

Ainsi remorqué, je ne tardai pas à venir me ranger à côté du *Hollandais-Volant*.

En levant la tête, j'aperçus, debout sur le château de poupe[1], la haute et puissante silhouette du skipper Mathieu Miles. Cette vue me fit frissonner, car je n'étais pas au bout de cette stupide aventure.

On me hissa plutôt que je ne montai sur le pont. Ma mine était, en vérité, plutôt piteuse.

– D'où vient-il ? hurla Mathieu Miles.

– J'ai voulu tendre une ligne pour prendre des merlus, répondis-je à tout hasard.

– Par tous les diables, fit Mathieu Miles, cet

1. Poupe : partie arrière du navire.

enfant ne manque pas de courage ! Je n'aurais jamais eu l'idée d'armer un canot par un temps pareil. Donne-lui du rhum, Bananas… Une autre fois, je lui offrirai vingt-cinq coups de garcette[1].

Je n'en pouvais croire mes oreilles. L'affaire s'arrangeait mieux que je n'avais pu l'espérer. Un boujaron[2] de rhum acheva de me remettre.

Une demi-heure après mon retour à bord, le *Hollandais-Volant*, toute sa voilure déployée, prenait le large.

Je n'avais plus à craindre les indiscrétions du naufrageur de Banalec.

---

1. Garcette : fouet.
2. Boujaron : petite mesure utilisée pour servir de l'alcool.

7
La bataille

Un matin, le fifre de Tom Watson sonna le branle-bas de combat. Je n'étais pas de la bordée de quart et je dormais encore dans mon hamac, quand les piaillements du fifre m'entrèrent ainsi qu'une vrille dans les oreilles. Je sautai en bas tout de suite et les yeux à moitié clos de sommeil, je grimpai sur le pont derrière mes compagnons qui s'injuriaient en s'agrippant à l'échelle de bois.

Nous vîmes venir à nous un bâtiment qui naviguait à pleine voilure. Le soleil levant inondait la mer d'un flot d'or qui nous obligeait à cligner des yeux quand on la regardait.

Mathieu Miles, déjà revêtu de son somptueux costume de squelette, paraissait préoccupé. Sa figure blafarde était plus livide que de coutume, ce qui faisait mieux ressortir les lèvres roses de sa terrible cicatrice.

– Hâtez-vous, fils de Satan ! et commencez le feu à mon ordre. La journée sera chaude.

Nous nous dépêchâmes d'endosser nos livrées de guerre et nous prîmes nos places, attendant l'abordage. Le navire qui arborait pavillon français ne cherchait pas à éviter le combat. Bien au contraire, il manœuvrait pour nous prendre de flanc, afin de nous lâcher une bordée de ses canons qu'un reflet de soleil révélait. Son artillerie devait être égale à la nôtre. Nous aurions pu commencer à tirer, mais Mathieu Miles voulait l'approcher au plus près pour que ses gens puissent apercevoir nos figures et par ainsi profiter de leur désarroi.

Virmoutiers, penché dans la gabie, suivait avec la lunette ce qui se passait à bord de l'ennemi. Nous étions tous attentifs à ses gestes, car, en quelque sorte, c'est lui qui devait provoquer les ordres de notre skipper.

Soudain, Virmoutiers posa sa lunette et nous cria:

– Tirez à pleine charge, ils nous ont vus et sont frappés par la foudre.

Mathieu Miles commanda le feu sans hésiter et toutes les pièces de tribord crachèrent sur le bâtiment dans un bruit épouvantable. De longues traînées de fumée rampaient sur l'eau et nous empêchaient de voir. La brise fut longue à les dissiper. Enfin nous aperçûmes l'adversaire désemparé, son mât de misaine abattu et son beaupré[1] plongeant à demi dans l'écume.

---

1. Beaupré: mât placé à l'horizontale à l'avant d'un voilier.

Nous virâmes de bord en nous rapprochant et nous lâchâmes la deuxième bordée de nos canons. Cependant que la fumée se dissipait, nous reçûmes deux ou trois boulets qui passèrent trop haut mais crevèrent le foc et une voile d'étai[1].

– À l'abordage ! À l'abordage ! hurlions-nous ainsi que des démons. À ce moment notre beaupré s'engagea dans les haubans de l'adversaire et nous dégringolâmes comme des singes, le couteau aux dents et la hache à la main.

– Seigneur Jésus ! fit un marinier en nous apercevant.

Virmoutiers lui fracassa la tête d'un coup de hache.

Un jeune gentilhomme de bonne mine se précipita sur moi l'épée haute.

– Que tu sois mort ou vif, cria-t-il, pare toujours celle-ci.

Ce fut Pain Noir qui me sauva d'un formidable danger, en déchargeant son pistolet dans la poitrine de mon adversaire.

– À toi, Pain Noir, lui criai-je.

Il n'eut que le temps de se retourner pour éviter un coup de pique. Et c'est moi qui lui sauvai la vie en abattant d'un coup de pistolet un colosse qui l'assaillait. J'eus la grande joie, plus tard, de savoir que je n'avais pas tué cet homme. Il fut même,

---

1. Voile d'étai : voile supplémentaire.

quoique blessé à l'épaule, un des rares survivants du pillage du *Petit-Frère*, le navire que nous venions d'attaquer.

Nous ne tardâmes pas à être maîtres de la situation. Notre butin fut maigre. Comme, maugréant et jurant Dieu, nous nous apprêtions à regagner notre bord, nous aperçûmes au loin un autre navire qui, en dépit de la distance où il se plaçait, nous parut d'une taille imposante.

Mathieu Miles, après s'être servi de la longue-vue de Virmoutiers, hocha la tête et se frotta les mains l'une contre l'autre, ce qui était chez lui l'indice d'une grande perplexité.

– Vous allez me ramasser le plus de cadavres que vous pourrez et vous embarquerez tout cela à bord. Il n'y a pas une minute à perdre. Entendez-moi bien, mes boués.

– Nous le regardâmes sans dire mot. Et l'ordre fut exécuté. Pêle-mêle, une dizaine de cadavres – les autres ayant déjà été jetés à la mer – furent embarqués sur le *Hollandais-Volant* à l'aide d'un cartahu[1].

Nous finissions à peine cette besogne que le boss terminait la sienne, qui était de dégager notre avant enfoncé dans les haubans du *Petit-Frère*. Et puis nous débordâmes tous avec de longues gaffes. Le *Petit-Frère* s'en alla vers l'ouest, où les vents le

1. Cartahu : cordage servant à hisser des objets.

poussaient, livré à la merci des flots, car nous n'avions pas eu le temps de l'incendier.

Nous étions toujours revêtus de nos habits de combat et nous nous préparions à soutenir vaillamment un choc qui s'annonçait plus rude que le premier.

– Compagnons, fit Mathieu Miles, vous allez accrocher ces défunts dans la mâture avec des mousquets. Pour une fois le *Hollandais-Volant* sera défendu par de vrais morts.

Nous comprîmes sa ruse et nous nous ingéniâmes à disposer nos macabres auxiliaires. Raidis par la mort, ils offraient des visages épouvantables. Certains semblaient rire d'un rire diabolique.

– Surtout, ne tirez pas ! Ne bougez pas… Prenez l'attitude de vrais morts, ne cessait de nous répéter notre skipper.

Parmi les trépassés, nous trouvâmes une femme. Elle était jeune et belle : une toute jeune fille, bien vêtue, qui, à notre avis, devait être une fille de qualité.

Virmoutiers montra du pied la triste dépouille :

– Et celle-là ? demanda-t-il laconiquement.

– Mets-la avec les autres, fit le capitaine. Attache-la au beaupré, elle sera la figure de proue qui nous portera chance.

Nous attachâmes le cadavre de la malheureuse jeune fille à l'avant du navire. Elle semblait en effet la figure de proue de notre navire damné. Ses beaux cheveux blonds s'étaient dénoués et flottaient au vent autour de son visage dont la mort avait respecté les traits charmants, encore enfantins.

– Bien, fit Mathieu Miles. Et maintenant, compagnons, soyez comme les morts et laissez porter. C'est un navire espagnol. Nous ne sommes pas en force pour résister…

Nous nous mêlâmes aux vrais cadavres avec nos costumes de squelettes et nos masques dont certains étaient encore tachés du sang de nos victimes.

Et tout d'un coup un grand silence régna à bord du *Hollandais-Volant*: un silence énorme, angoissant, qui s'étendait autour de nous sur la mer et dans le ciel. Nous demeurions raides, burlesques, immobiles, mêlés aux dépouilles de ceux que nous avions assassinés. On n'entendait que le bouillonnement de l'eau sous l'étrave, et, nous semblait-il, la brise qui soufflait dans la haute voilure de l'espagnol.

Ce bâtiment de guerre, dont nous voyions luire les canons, gouverna droit sur nous. Nous avions amené le pavillon noir et hissé à sa place le pavillon de Malte.

Le navire espagnol élongea le nôtre par bâbord. Nous apercevions cinq canonniers près de leurs pièces, tenant en main la mèche allumée. Les officiers sur le château semblaient pétrifiés. L'un d'eux fit le signe de la croix et jeta son chapeau. L'équipage tomba à genoux. Nous passâmes lentement devant eux et à mes oreilles parvint comme un murmure la prière des trépassés.

Une saute de vent nous poussa vent arrière et bientôt l'espagnol ne fut qu'une petite voile blanche dans le soleil couchant.

– Sainte Mère de Dieu ! murmurai-je, en me signant à la dérobée.

8
La Chevalière

La nuit enveloppait la forme silencieuse du vaisseau fantôme. Car nous étions restés immobiles et muets dans la position que nous occupions en passant devant le navire espagnol. Un étrange malaise pesait sur nous et chacun regardait la mer.

— Allons, me dit Virmoutiers, qui se tenait à côté de moi dans les haubans du grand mât, secoue-toi, par le sang du Christ, tu as l'air plus mort que nos funèbres alliés.

Il ricana à son habitude, mais son rire sonnait faux et restait dans sa gorge.

Un à un, maintenant que le danger avait disparu, nous descendîmes de nos postes de combat, pour nous réunir à l'avant, où le skipper nous attendait avec le boss.

— Eh bien, enfants du « grand pré », la fortune vient de nous sourire encore une fois. Nous l'avons échappé belle.

— Grâce à ta ruse, Mathieu Miles, fit le bossman.

– Ma foi oui, répondit le capitaine. C'est une ruse que je n'ai pas inventée. Rackham s'en servait à l'occasion.

Il se tourna vers le nègre :

– Toi, monte du rhum, tu rempliras ton grand chaudron où le Diable fait bouillir tes semblables et tu nous allumeras un punch qui brûlera toute la nuit. J'invite Satan à se mêler fraternellement à mes agapes s'il trouve la flamme de son goût. Mais auparavant, garçons, rangez-moi sur le tillac[1] tous ces refroidis qui nous ont aidés. Ils furent à la peine, il est juste qu'ils soient à l'honneur.

Cette proposition fut saluée par les cris de joie des gentilshommes de fortune du capitaine Miles. C'était une excellente plaisanterie dans le goût de celles qui leur convenaient.

Ils eurent tôt fait de ranger les cadavres en demi-cercle, tant bien que mal dressés contre les haubans, les bastingages[2] ou l'escalier qui accédait au château.

Le spectacle devenait infernal à souhait. La lune éclairait les visages livides crispés par la mort violente. Au milieu du groupe des matelots et des passagers morts, Mathieu Miles fit placer le cadavre de la jeune fille.

– Elle sera la reine de cette nuit, fit-il… Comment appelles-tu la reine des Enfers, Virmoutiers ?

---

1. Tillac : pont supérieur du bateau.
2. Bastingage : garde-corps.

– Proserpine[1] !

– Ah, oui, Proserpine, un drôle de nom pour une chrétienne… mais, pour une fois, nous ne ferons pas les difficiles… Bananas, fils de chienne, monte le rhum et éteins la lune… Il ne fait pas assez nuit sur la mer… entends-tu, sanglant mouton !

Bananas apporta aussitôt, sur le gaillard d'avant, un fourneau bourré de bois qu'il alluma et sur le brasier il posa un immense chaudron de cuivre rempli de rhum.

Groupés autour du cuisinier, nous regardions la liqueur enflammée retomber en cascades de feux verts et bleus chaque fois que le cuisinier la soulevait avec sa grande cuiller et la laissait couler dans le chaudron. La flamme du punch éclairait nos visages pleins de convoitise et prêtait une apparence de vie surnaturelle aux morts rangés sur le tillac.

Nous avions jeté nos masques et nus jusqu'à la ceinture, nous buvions en nous injuriant ou en nous congratulant niaisement comme des ivrognes que nous étions.

Good bye farewell[2]

chantaient les Anglais.

---

1. Proserpine : déesse des Enfers dans la mythologie gréco-latine.
2. *Good bye farewell* : Hardi les gars.

Et les six Bretons de l'équipage, quand leurs compagnons eurent fini, chantèrent en français :

Je n'ouvre pas ma porte après minuit.
Vous resterez dehors, la moitié de la nuit.

L'air infiniment mélancolique se mêlait à notre ivresse : et si profond que fût l'endurcissement de nos cœurs, nous sentions couler en nous quelque chose d'indéfinissable qui nous rendait tout d'un coup notre vie amère. J'eus peine à retenir mes larmes. Et quand mes compagnons eurent fini de chanter la chanson que chantent les petites filles sur la côte du Léon, la flamme verte du punch se coucha sur le côté comme une frégate sous un coup de vent, puis s'éteignit.

– Mathieu Miles, plus ivre que ses hommes – je ne l'avais jamais vu ainsi – s'approcha du cadavre de la jeune fille et, par dérision, lui offrit un bol de punch.

– Oh, fit Virmoutiers, il ne faut pas faire cela, Mathieu Miles, tu vas nous porter malheur.

– Je suis maître à mon bord, chien, et si tu oses élever la voix, je te tue, sanglant mouton ! hurla Mathieu Miles.

Il jeta le bol de punch et se passa la main dans les cheveux en rugissant. Il était morne et terrifiant. Soudain, il lança son coutelas sur Virmoutiers qui fit un bond de côté : la lame alla se ficher toute vibrante dans le grand mât. Mathieu Miles regardait Virmoutiers d'un air hébété. Il alla se rasseoir sur une pile de cordages.

– Du rhum, cria-t-il, Bananas, encore du rhum.

Le nègre apporta du rhum, à l'ordre du skipper, et le punch flamba de nouveau dans le chaudron de cuivre et dans nos gobelets.

L'orgie[1] continua. Mais une grande gêne semblait maintenant peser sur les épaules de tous ces forbans.

Je m'étais retiré dans un coin et les coudes aux genoux, la tête dans mes mains, je songeais à tout mon passé et au triste avenir qui s'annonçait sous mes pas. Le rhum me montait à la tête mais, en même temps, il me remplissait le cœur de dégoût.

La vue de tous ces cadavres rangés en demi-cercle et qui semblaient juger notre conduite me devint insupportable. J'allais essayer de regagner mon hamac, quand la voix de Virmoutiers, une voix curieusement émue, me retint.

– Petit, petit, hé, ne t'en va pas... reste avec moi... je veux te dire quelque chose : peut-être ai-je trop bu... reste à côté de moi.

Il me saisit la main avec force et je sentis que son bras tremblait.

La lune éclairait lugubrement la sauvagerie de

---

1. Orgie : beuverie.

notre divertissement. Les chants des ivrognes s'étaient tus. Mathieu Miles, comme anéanti, cuvait son rhum à la porte de la Sainte-Barbe. Des sabres, des couteaux, des pistolets gisaient pêle-mêle sur le pont.

Le boss, cependant, au milieu de son ivresse, prit conscience de l'abandon du navire. Il se leva tant bien que mal sur ses courtes jambes mal assurées et d'une voix et d'un geste solennels, commanda :

— Les tribordais, au quart… Et debout… la moitié des tribordais, seulement.

— Écoutez, dis-je, monsieur le maître d'équipage, je vais prendre le quart avec Virmoutiers, Tom Watson et Pain Noir. Nous laisserons reposer nos compagnons, car j'estime que nous aurons du travail à l'aube si le vent continue à tourner.

— Tu parles d'or, jeune merle, appelle tes compagnons… Je vais descendre Mathieu Miles dans sa cabine. Il a son compte et depuis seize ans que je navigue avec ce vieux requin, c'est la première fois que je le vois dans cet état.

Je l'aidai à descendre le skipper qui était plus lourd qu'un sac de blé. Puis je remontai sur le pont. Je cherchai mes compagnons et je finis par les découvrir, tenant conciliabule[1], à l'arrière.

— Viens, petit gars, me dit Virmoutiers à voix basse. Il se passe ici des choses que je n'aime pas.

---

1. Conciliabule : conversation secrète.

Tu es le plus innocent de nous tous et tu nous sauveras peut-être…

— Virmoutiers a raison, répondit Tom Watson à voix basse. Quand je naviguais avec Merry sur le *Rambler*, nous fûmes sauvés de la pendaison à Corso Castle grâce à un mousse que nous avions recueilli et qui savait chanter la messe comme un prêtre.

— J'ai toujours respecté les enfants, ajouta Pain Noir. N'est-ce pas Louis-Marie qui m'a sauvé de la pique de ce damné cabillaud ?

— Je vais aller voir *là-bas*, fit encore Virmoutiers. Tiens, passe-moi la cruche, il y a du rhum dedans.

Il but une ample rasade :

— Ça remonte le cœur, fit-il en soupirant.

D'un pas lourd et hésitant, il se dirigea vers le gaillard d'avant. Je le suivais pas à pas. Mais, je dois l'avouer, l'attitude de Virmoutiers me troublait. Je sentais un malaise inquiétant qui petit à petit s'emparait de ma raison. En traversant le pont, Virmoutiers fit tomber son coutelas. Ce bruit me fit frissonner de la tête aux talons.

Virmoutiers s'arrêta devant le demi-cercle formé par les morts. Il contemplait leur groupe avec des yeux hallucinés. Je l'entendais grogner et soupirer avec peine. Il murmura :

— Non, elle ne bouge pas.

À ce moment, il se retourna brusquement et m'aperçut.

– Tu es là, mon petit Louis-Marie… Approche-toi… ici… bon… Tu *la* vois bien ? Elle ne bouge pas… hein ?

Il me montrait du doigt la jeune fille morte.

– Mais non, Virmoutiers, la pauvre fille est bien morte… Nous devrions jeter sa dépouille à la mer, car cette comédie infâme nous portera malheur… Moi, je te le dis, Virmoutiers. Mon père était un vrai matelot, mais il craignait les morts et les respectait.

– Eh bien, moi, Virmoutiers, je te le dis, mon petit Benic, cette femme a bougé deux fois dans la nuit.

Il se signa.

– C'est la première fois que je fais le signe de la croix, ajouta-t-il d'une voix faible.

– Virmoutiers, il faut jeter cette femme à la mer.

– Je ne mettrai pas la main sur elle… Oui, je crois qu'il vaudrait mieux pour nous tous qu'elle fût jetée à la mer, mais moi je ne veux pas y toucher d'un doigt.

– Elle ne bouge pas ! dis-je encore, après avoir longtemps regardé le visage exsangue de la morte.

Et tout d'un coup, je me mis à frémir de la tête aux pieds : d'un commun accord, Virmoutiers et moi, nous nous enfuîmes vers l'arrière dans une course éperdue. La peur nous mordait à la nuque.

Nous demeurâmes quelques minutes haletants, incapables de prononcer un mot, la bouche ouverte et les yeux affolés. Pain Noir et Tom Watson gisaient à terre et ronflaient comme des pourceaux.

— Elle a bougé, haleta Virmoutiers, tu vois qu'elle a bougé. Sauve-nous, mon petit Louis-Marie. La malédiction du Seigneur est sur nous.

— Ses lèvres se sont entrouvertes… Je crois bien l'avoir vu. Que faut-il faire, Virmoutiers ?… Oh pourquoi suis-je venu perdre ici mon corps et mon âme ?

— Toi seul peux nous sauver, Louis-Marie, car tu es le plus innocent… Tu n'as pas de sang innocent sur les mains… Si la Sainte Vierge protège cette jeune fille, toi seul peux implorer notre pardon.

Mes lèvres tremblaient. Je balbutiais des prières confuses.

« Peut-être avons-nous mal vu », pensais-je.

De gros nuages livides et gonflés d'eau comme des outres couraient dans le ciel. La tempête apprêtait son artillerie. Les nuages nous cernaient de tous côtés. Il fallait agir et réveiller nos compagnons endormis. Je poussai du pied Tom Watson et Pain Noir. Ils grognaient leurs injures habituelles, car nul rêve enchanteur ne venait peupler leur sommeil.

— Debout ! debout ! criai-je.

Je les secouai violemment. Ils se levèrent sur leurs jambes mal assurées et me contemplèrent, cherchant à comprendre ce qui leur arrivait.

— Du rhum ! demanda Pain Noir.

Il tâtonna autour de lui, trouva la cruche et but. Cela sembla le remettre d'aplomb.

– Pain Noir et Watson, écoutez bien, leur dis-je… La tempête est au-dessus de nous. Et la morte a jeté sur nous le regard de Dieu.

– Nous sommes perdus, dit Pain Noir. Ce damné Anglais a attiré la malédiction du ciel sur nos têtes avec ses infernales manigances.

Nous décidâmes Pain Noir et Watson à nous accompagner. La sécurité relative du gaillard d'arrière nous redonnait confiance et nous commencions à douter de la réalité de ce que nos yeux avaient vu.

Nous demeurâmes tous trois immobiles, regardant intensément la jeune fille qui n'avait pas changé de place. Nos nerfs étaient tendus et nos bouches sèches laissaient passer un souffle rauque. Et cette fois nous vîmes nettement le miracle s'accomplir. La bouche pâle de la morte s'entrouvrit, elle découvrit ses dents toutes petites, les paupières bleuies se levèrent lentement et un regard aigu, surnaturel, nous pénétra le cœur comme un fer rouge. Nous ne pûmes que tomber à genoux, le visage enfoui dans nos mains.

Alors la jeune fille se leva. Elle marchait comme un automate. Nous la vîmes gravir l'escalier du château de poupe. Elle s'appuya comme si elle allait défaillir contre un balustre et regarda lentement autour d'elle. Nous la vîmes prendre le porte-voix de Mathieu Miles, et d'une voix ferme, qui sonnait clair, elle commanda :

— Appelez l'équipage au poste de manœuvre !

Nous ne pouvions en croire nos oreilles.

— Cours prévenir Miles, me murmura Virmoutiers.

Je descendis quatre à quatre pour m'acquitter de cette commission. J'entrai sans frapper dans la cabine du forban, tout en évitant fort à propos une lourde botte de mer qui salua mon entrée.

— Que veux-tu, petit suppôt du Diable, hurla l'ivrogne.

— Capitaine... la morte... la...

— Quoi, quoi ? bredouilla le skipper Miles encore plus blafard qu'à son ordinaire.

— Venez, capitaine. Mais nous sommes bien damnés.

Il me suivit sur le pont et resta pétrifié en apercevant la jeune fille droite et calme à la place même qu'il occupait pour commander la manœuvre du *Hollandais-Volant*.

— Amenez cet épouvantail, fit la voix mélodieuse, et du doigt la jeune demoiselle indiquait notre funèbre pavillon.

Ce fut Virmoutiers qui déhala[1] la drisse et amena nos couleurs.

1. Déhala : abaissa.

– Mon Dieu, Madame la Sainte, fit le capitaine Miles, dont les idées combinées avec les fumées de l'alcool avaient du mal à se faire jour, Madame la Vierge –, car sans doute, comment dirai-je sans vous offenser, nous ne sommes que de pauvres mariniers et nous ferons brûler cent cierges à Sainte-Anne-d'Auray, en Terre sainte, afin d'apaiser votre âme.

Mathieu faisait peine à voir. Le colosse était devenu plus faible qu'un petit enfant. Pour être juste, notre attitude ne semblait guère plus résolue. Tous les hommes de l'équipage étaient maintenant réunis sur le tillac. Leur âme abjecte mais d'une étonnante simplicité voyait dans cette résurrection[1] miraculeuse le châtiment de leurs crimes et de leur impiété[2]. Ils baissèrent les épaules devant cette frêle jeune fille à leurs yeux divine et qui dictait la loi.

Tout d'abord, celle que nous pensions une morte ressuscitée fit jeter à la mer tous nos oripeaux[3] macabres : les masques à tête de mort et les maillots peints à la ressemblance d'un squelette.

– Piétinez vos infamies[4] ! disait-elle de sa voix douce, que nous pensions d'outre-tombe.

Beaucoup d'entre nous n'avaient jamais, avant

1. Résurrection : retour à la vie.
2. Impiété : absence de sentiments religieux.
3. Oripeaux : vêtements.
4. Infamie : action honteuse, méprisable.

cette nuit, entendu la douceur d'une telle voix. Ensuite elle commanda la manœuvre. Et nous grimpâmes dans les haubans comme des anges, éperdus du désir de bien faire et de sauver notre âme.

La tempête chargea sur nous comme nous prenions de la toile. Il fallut se cramponner aux vergues pour ne pas être emportés par les lames énormes qui se cabraient devant nous comme de gigantesques coursiers couverts d'écume.

Le ciel était noir tel de la poix[1]. Ni les uns, ni les autres ne savions où nous allions et quelle était la bonne route. Nous étions perclus dans la tempête au large d'Ouessant, mais nous avions confiance dans la belle et angélique fille blonde dont la voix claire dominait les hurlements du vent et nous réchauffait le cœur.

Nous luttâmes toute la nuit contre la fureur des éléments déchaînés. Au petit jour la mer s'apaisa. Un faible soleil éclaira d'une lueur lugubre la réalité des choses et nous constatâmes avec surprise que notre navire naviguait entre deux rives bordées d'arbres et de petits villages encerclés de chemins creux. Il nous fallut quelque temps avant de nous rendre à l'évidence de la situation.

Le doute n'était cependant plus possible. Depuis plus d'une heure, ayant bon vent arrière, ce qui

1. Poix : goudron.

nous donnait de la vitesse, nous naviguions dans le goulet[1] de Brest et devant nous s'arrondissait la rade rose et verte dans la lumière du petit matin.

Alors la colère gonfla nos veines et le sang nous monta à la tête. Furieux d'avoir été dupés comme des enfants, nous nous précipitâmes sur l'étrange fille qui nous avait conduits vers cette disgrâce.

C'est alors que la plupart des morts que nous avions toujours abandonnés sur le gaillard d'avant sans plus nous soucier de leur personne se levèrent et, le mousquet à la main, nous tinrent à distance respectueuse.

Nous étions sans armes. Les morts, qui n'étaient que des soldats maquillés par ruse bien avant le combat, riaient entre eux du succès de leur entreprise. Un coup de canon tiré du château les avertit qu'ils étaient attendus.

Quant à nous, mornes et abattus, nous ressemblions à des renards capturés par une poule.

Les soldats qui s'étaient introduits à bord du *Hollandais-Volant*, grâce à leur propre ruse et à notre propre sottise, nous firent ranger, Mathieu Miles en tête, à l'avant du navire.

Ensuite de quoi, quelques-uns d'entre nous, sous la menace des fusils, furent employés à la manœuvre et rangèrent le vaisseau à quai à l'entrée de la Penfeld. Une compagnie du Régiment

1. Goulet : passage très étroit.

de Soissonnais et une foule de bourgeois nous attendaient sur la rive.

On criait de partout : « Vive la Chevalière ! »

La Chevalière, debout à l'avant, saluait la foule et souriait.

On nous fit descendre un par un.

J'étais le dernier à côté de Virmoutiers. On nous enchaîna à la file et, sous une bonne escorte de soldats et d'archers, nous prîmes le chemin du château où toute la bande devait être enfermée et mise aux fers.

J'avoue sans honte que je pleurai toutes les larmes de mon corps. Mon jeune âge, étant donné l'horreur des forfaits commis par mes compagnons, me sauverait peut-être de la roue mais pas de la potence...

Virmoutiers, qui était enchaîné devant moi, profita de ce que le soldat d'escorte s'était éloigné pour me dire :

– Je te sauverai... Il faut nier tout... entends-tu... Je témoignerai... Je dirai que tu étais parmi nous malgré toi... que nous t'avons trompé en t'attirant...

Le soldat revint à côté de nous et Virmoutiers se tut.

En entrant sous la grande porte du château, les pirates hurlèrent d'effroyables injures à la foule.

On leva le pont-levis dès que le dernier de la bande qui était moi fut passé.

Nous fûmes tous enfermés dans un souterrain humide, alignés contre la muraille et les pieds aux fers. Mathieu Miles essaya de se rompre une grosse veine en se déchirant le poignet avec ses dents. Les gardiens s'en aperçurent. Il fut pansé aussitôt et ligoté de telle façon qu'il ne puisse attenter à sa vie.

9
L'expiation

Nous fûmes jugés devant une grande assemblée de peuple. Il était venu du monde de toute la Bretagne pour assister à notre châtiment, car la terreur et la haine que nous avions soulevées contre nous étaient très grandes.

Mes compagnons furent tous tourmentés par le bourreau de Quimper qui nous fit avouer le nom de nos complices par le feu. C'est ainsi que mon oncle Benic fut arrêté et incarcéré à côté de nous dans la même geôle. Mon jeune âge me sauva de la question[1] par les brodequins[2].

Nous apprîmes de Benic que nous avions été trahis par Virmoutiers. C'est lui qui avait joué la comédie de la peur et avait permis à Mlle de Kergoez, que l'on appelait la Chevalière à cause de

---

1. Question : torture infligée à un accusé pour lui arracher des aveux.
2. Brodequin : supplice qui consiste à serrer les jambes entre des planches.

son courage et de ses vertus, de réussir l'audacieux coup de main qui nous mettait à sa merci.

Mlle Évangeline de Kergoez avait armé de ses propres écus un brigantin[1] dont elle avait pris elle-même le commandement, car elle était aussi bon capitaine de navire que cavalière accomplie. Elle s'était entièrement vouée à notre poursuite, sachant déjà par Virmoutiers qui, au prix de sa trahison, avait acheté sa liberté, quelle était la comédie macabre en usage à bord du navire de Mathieu Miles.

Elle avait elle-même grimé[2] en blessés et en mourants un peloton de soldats décidés qui, dès le début du combat, étaient tombés sur le pont et avaient tenu supérieurement leur rôle de cadavres. Dans notre précipitation et l'ivresse qui suivit l'action, nous avions embarqué l'ennemi sur notre propre bâtiment mêlé d'ailleurs à ses véritables morts.

Mathieu Miles n'était pas un freluquet[3]. Mais cette fois il reçut le choc en retour de son impiété et de ses superstitions.

Quand il connut, pendant les trois journées de chaleur étouffante que dura notre procès, le détail de l'opération où il avait succombé, il faillit

1. Brigantin : navire à deux mâts aux voiles carrées.
2. Grimé : maquillé.
3. Freluquet : jeune homme prétentieux.

devenir frénétique[1]. Il injuria le Christ, la Chevalière, les juges, et déclara tout net qu'il ne craignait pas la mort mais qu'il regrettait de n'avoir pas bu le sang de cette coquine.

La colère le rendait épouvantable à voir. Les yeux lui sortaient de la tête, son cou énorme se gonflait et nous crûmes tous que son sang allait rompre les veines de ses tempes et de son cou.

Virmoutiers, naturellement, ne se présenta pas. Il avait été confronté avec Mathieu Miles et le bossman avant le jugement. Aussi l'affaire ne traîna-t-elle pas. Ces messieurs les juges de Quimper qui, pour la circonstance, s'étaient transportés à Brest, nous condamnèrent tous à être pendus sur les rives de la Penfeld, devant les fenêtres du bagne.

En entendant l'énoncé de cet arrêt sans miséricorde, je ne pus retenir mes larmes et je me mis à sangloter en tenant ma tête dans mes deux mains. Ma douleur émut la Chevalière qui assistait à ce procès.

– Ce pauvre enfant, dit-elle, n'est pas le plus coupable.

Elle décida les juges à intercéder auprès du roi de France pour obtenir ma grâce. On me mit donc seul dans une geôle du château, où devant ma cruche d'eau et un morceau de pain noir, j'eus tout

1. Frénétique : violent.

le temps de faire pénitence en me demandant avec angoisse quelle serait l'issue de la démarche de ces Messieurs auprès du roi Louis.

Trois semaines après la journée du jugement, j'entendis de ma prison un bruit extraordinaire sous mes fenêtres. Tout le ciel résonnait sous des coups de marteau redoublés. Je prêtai l'oreille et je ne tardai pas à comprendre que c'était l'échafaud que l'on dressait pour mes compagnons.

Chaque coup de maillet qui frappait une poutre m'entrait dans le cœur. Je ne savais que supplier le ciel de m'épargner.

Quand le geôlier, que nous nommions le Comte de la Caruche, vint m'apporter ma maigre pitance, je ne pus m'empêcher de lui demander quel était ce bruit.

– C'est pour tes amis, me dit-il, de fameux gentilshommes de fortune, ma foi. Demain matin, à dix heures, ils seront trente-sept à bénir les badauds avec les pieds[1]. J'espère que dans quelques jours tu iras les rejoindre, ainsi que tu le mérites.

Il referma la porte en s'esclaffant et me laissa seul avec mon désespoir. Et toujours les maudits coups de marteau m'entraient dans la tête. Je vivais mon supplice par anticipation. Il me fallut passer une nuit plus longue qu'un siècle. Je restai les yeux ouverts jusqu'au petit jour où je m'endormis d'un

1. C'est-à-dire qu'ils seront pendus.

seul coup. Je ne reposai pas longtemps, car je fus réveillé par une grande rumeur qui montait des quais.

D'un bond je fus sur mes jambes et je me mis à sauter dans ma cellule comme un rat enfermé dans une cage. Je voulais voir. Un étrange et puissant désir de voir me dominait. Ma cellule était aérée par un créneau assez élevé et garni de barreaux de fer. J'essayai de l'atteindre en sautant, espérant, après avoir attrapé un des barreaux, que je pourrais me hisser jusqu'à l'ouverture. Mais encore, à supposer que je puisse empoigner le barreau, je ne pouvais guère me maintenir bien longtemps à la force des poignets. J'allais et venais en proie à une agitation de forcené, quand la porte de ma cellule s'ouvrit et trois hommes suivis de quelques soldats envahirent mon étroite prison.

– Tu es libre, fit l'un d'eux, que je reconnus pour un greffier. Le Roi, dans sa grande clémence, te donne la liberté. Aussi bien, dit-il en se tournant vers ses compagnons, il n'y avait point de preuve contre lui. Tu vas passer au greffe faire lever l'écrou : tu auras jusqu'à demain minuit pour quitter la ville de Brest et aller te faire pendre ailleurs, comme cela ne manquera pas de t'arriver si tu ne choisis pas mieux tes amis.

– Messieurs, messieurs, balbutiai-je à moitié fou de joie… je… je… vous remercie.

– Ce n'est pas trop dire, fit le greffier en riant.

Un conseil, mon jeune Louis-Marie Benic, un conseil en passant. Vous devriez vous présenter chez votre bienfaitrice, Mlle de Kergoez… c'est un conseil que je vous engage à suivre.

Je promis tout ce que l'on voulut et à neuf heures du matin j'étais libre, je respirais l'air pur de la mer : je sautais presque de joie dans la rue et, la figure rayonnante d'une gaieté que je ne pouvais contenir, je me mêlai à la foule des gens qui descendaient vers le quai de la Penfeld pour voir pendre l'équipage du *Hollandais-Volant*.

Avec la foule des paysans et des citadins je parvins à me faufiler dans les premiers, presque sous les fenêtres du bagne. Tous les forçats étaient rangés devant l'échafaud, bien encadrés par des soldats et des gardes-chiourme. Je reconnus des comites et des sous-comites, anciens clients de mon oncle, qui s'apprêtaient joyeusement à le voir pendre.

Derrière la haie de soldats, c'est à peine si j'apercevais l'échafaud. Je résolus de faire le tour par Kéravel et de monter sur le toit du cabaret du Bon Chien Jaune. C'est une place que j'avais occupée autrefois et je savais que de cet endroit, auquel personne parmi les curieux ne songeait, je pourrais découvrir les quais et assister sans gêne au dernier acte de la tragédie à laquelle j'avais été mêlé.

Je courus de toutes mes forces afin d'arriver à temps à mon observatoire. Toutes les cloches de la ville qui sonnaient aux trépassés et les tambours du régiment de Soissonnais qui battaient leur marche me donnaient des ailes aux talons. Je ne voulais pas arriver trop tard. J'aperçus bientôt le Bon Chien Jaune. Le cabaret semblait mort, les volets et la porte étaient clos. Ce ne fut qu'un jeu pour moi de grimper sur le toit en m'aidant des volets et des gouttières. J'étais agile comme un chat et en la circonstance j'eusse escaladé la plus haute tour du château.

Je montai à mon ancien observatoire, derrière la cheminée, et de là j'aperçus les quais noirs de peuple et de soldats, l'échafaud en plein soleil où s'agitaient une dizaine d'hommes courts et larges, qui me parurent extraordinairement longs : le bourreau et ses aides découpés en silhouettes noires dans l'or du soleil.

Six charrettes venues du château oscillaient entre les têtes des badauds. Dans la première je reconnus Mathieu Miles et Pain Noir et l'oncle Benic. Ils étaient en bras de chemise et avaient les mains liées derrière le dos. L'oncle Benic baissait la tête. Mathieu Miles la relevait d'un air goguenard. Un à un, à mesure qu'ils montaient les degrés de l'échafaud, je reconnus tous mes anciens camarades, les fanandels comme disait Virmoutiers.

Les apprêts du supplice furent longs. Un grand silence s'était fait dans la foule. Je voyais chaque silhouette noire debout devant la corde qui la guettait. Et soudain ce fut une danse effroyable et burlesque de pantins disloqués qui se débattaient dans le ciel et qui se rendaient enfin sous les efforts des valets de bourreau qui les tiraient par les pieds. Un à un les trente-sept pendus s'immobilisèrent. Une grande rumeur monta de la foule que les soldats commencèrent à disperser. J'entendis dans les petites ruelles de Kéravel la pègre du quartier qui chantait et riait. Des hommes et des femmes ivres passèrent devant le Bon Chien Jaune en tenant des bouteilles et en proférant d'ignobles injures.

Je me gardai bien de me faire voir. Quand ils eurent disparu, je descendis prudemment. J'étais un tout autre personnage et ce que je venais de voir devait rester à jamais gravé dans ma mémoire.

Tout en cheminant, je me rappelais les paroles du greffier. Cette fois-ci, ce n'était plus le Diable qui me poussait. Je résolus d'aller me jeter aux pieds de la Chevalière et de lui demander en grâce de la servir jusqu'à la mort.

La Chevalière de Kergoez habitait dans la grande rue un hôtel magnifique et défendu à l'entrée par un gigantesque Suisse qui portait une livrée[1] bleue bordée d'or. Je lui dis que sa maîtresse m'attendait. Le Suisse donna un ordre à un valet et je fus introduit dans une superbe antichambre tout entourée de meubles dorés comme je n'en avais jamais vu.

---

1. Livrée: vêtement aux couleurs des armes d'un seigneur.

Je regardais les belles peintures qui ornaient les murs, quand une porte s'ouvrit et la Chevalière, encore bottée, et la cravache à la main, s'avança vers moi. Je baissais la tête et je ne cessais de tourner et de retourner mon chapeau entre mes mains, ne sachant quelle attitude adopter.

– Voici mon pirate, fit Mlle de Kergoez. Rappelle-toi bien que je ne pourrai sauver ta peau encore une fois.

– Mademoiselle, répondis-je en levant la tête et en la regardant bien dans les yeux, je ne demande que l'honneur de vous servir jusqu'à la mort.

La Chevalière réfléchit, tout en tapotant sa jupe avec sa cravache.

– On pourrait voir, fit-elle, après tout, tu es courageux et si je t'ai sauvé la vie, c'est parce que je te crois honnête. Je te prends à mon service. Maître Lesneven, mon majordome, te fera donner une livrée.

– À votre obéissance, Mademoiselle.

La Chevalière avait déjà sonné sa camériste[1] avec une clochette d'argent posée sur une console.

Celle-ci entra : c'était une belle fille rieuse et de fraîches couleurs.

– Babette, fit Mademoiselle, va quérir Lesneven. Je l'attends ici.

M. Lesneven était un petit bonhomme court et

---

1. Camériste : femme de chambre.

replet[1]. Il s'inclina devant sa maîtresse et écouta avec déférence[2] ses explications. Puis il me conduisit à l'office, où, en attendant qu'on vînt prendre mes mesures pour mon nouveau costume, je me restaurai de bon appétit devant le regard curieux des palefreniers, des valets et des servantes.

C'est de ce jour que la bonne fortune commença à me sourire.

1. Replet : grassouillet.
2. Déférence : respect.

Conclusion

Un gros volume ne suffirait pas si je voulais dire les louanges de celle qui fut mon bon génie. La Chevalière de Kergoez était de la grande race des conquérantes. Elle commandait elle-même un navire qu'elle avait armé pour la course. Nous livrâmes plusieurs combats héroïques et victorieux contre les Anglais. Je ne tardai pas à abandonner la livrée domestique qui, à vrai dire, ne me plaisait point, pour reprendre le costume de matelot à bord de l'*Amphitrite*, qui était le nom du navire de Mlle de Kergoez. Je sus me montrer vaillant dans maints combats et habile matelot dans quelques passages difficiles. Je n'avais pas vingt-quatre ans que je fus promu quartier-maître à bord de l'*Amphitrite*.

Trois années plus tard ma noble maîtresse fut mortellement blessée dans un combat livré au large de La Vera-Cruz.

Nous ramenâmes à Brest sa dépouille mortelle et nous l'escortâmes jusqu'à sa dernière demeure. Son corps avait été embaumé, selon l'usage des Indiens de l'Amérique du Sud.

L'*Amphitrite* fut désarmée. Je ne savais que faire et j'allais reprendre du service sur un navire du Roi, quand une grande enveloppe portant les armes d'un tabellion[1] de Brest me fut remise un matin dans le petit logement que j'occupais à Recouvrance.

Le tabellion me conviait à me rendre chez lui, afin de prendre connaissance du testament de Mlle de Kergoez.

Je me rendis au rendez-vous après avoir revêtu mes plus beaux habits et j'eus la surprise de rencontrer à la porte de l'hôtel dix de mes plus anciens camarades de navigation.

Nous apprîmes, les larmes aux yeux, que notre bonne Chevalière, qui avait toujours prévu qu'elle mourrait d'une mort violente, nous léguait à chacun une somme rondelette, qui nous permettrait de tenter la chance, pour notre propre compte.

Je n'avais jamais possédé tant d'argent. Tout seul dans ma chambre je comptais et je recomptais mes écus, les faisant joyeusement tinter sur la table en bois de chêne.

Je fus longtemps livré à mille réflexions plus abracadabrantes les unes que les autres. Je me croyais plus riche que Crésus. Enfin, après plusieurs semaines consacrées à toutes les extravagances de

---

1. Tabellion : notaire.

mon imagination, la raison eut le dernier mot. Je résolus d'acheter une barque, de recruter un équipage et de faire du commerce en suivant les côtes, de l'Espagne à la Hollande.

Je fus assez hardi et assez prudent pour mener à bien ma petite entreprise. En cinq années j'arrivai à mettre de côté d'imposants sacs d'écus.

Un certain Nicolas Guellen, que j'avais connu au cours d'un voyage à la Guadeloupe, me proposa de m'associer avec lui et de fonder un grand comptoir parfaitement achalandé[1] de tout ce qui peut être nécessaire aux colons et aux navigateurs.

Nous achetâmes un bon navire à Pointe-à-Pitre et nous fîmes bâtir une fort belle maison avec magasin de vente et docks, une fort belle maison fortifiée, en vue de résister aux coups de main des gentilshommes de fortune qui, de temps à autre, malgré la chasse que tous les pavillons européens leur faisaient, apparaissaient dans ces parages.

Nous étions trois Blancs dans notre comptoir. Trois hommes résolus, M. Gouin, notre caissier, un Nantais, mon ami Guellen et moi-même. Seize nègres travaillaient pour nous : ils étaient honnêtes et dévoués et nous leur avions appris la manœuvre du mousquet.

Nous eûmes quelquefois à échanger des coups de

1. Achalandé : qui a de nombreux clients, et donc beaucoup de marchandises.

fusil avec des pillards. Et toujours nous réussîmes à les mettre en fuite sans qu'il en coûtât une blessure mortelle aux nôtres.

Notre maison de commerce, bien achalandée, approvisionnait l'île, la côte du Mexique, l'Équateur et le Venezuela. On trouvait de tout dans nos magasins : de la poudre, du plomb, des fusils, de la coutellerie, des outils pour les laboureurs, pour les maçons, pour les charpentiers. Les matelots pouvaient s'y ravitailler en vêtements, bottes de mer, tabac et chemises. Nous tenions également de la cotonnade, venue de Honfleur, dont les indigènes raffolaient. Nous faisions aussi venir chaque année de l'article de Paris dont les dames de la société se montraient fort curieuses.

C'est en pleine prospérité que je me mariai avec la fille d'un colon, jeune personne accomplie qui est encore pour moi la meilleure des épouses. Le mariage de Guellen suivit le mien d'une année. Sa femme et la mienne devinrent deux amies dévouées.

J'étais déjà depuis quinze ans à Pointe-à-Pitre, quand le mal du pays s'infiltra lentement mais sûrement dans mon esprit. Je devins mélancolique et taciturne[1] et ce fut mon excellent Guellen qui me conseilla lui-même d'aller respirer l'air du pays natal pendant une année.

1. Taciturne : silencieux.

Le départ fut bientôt décidé. J'emmenai ma femme avec moi et mon fils qui allait avoir dix ans.

Nous embarquâmes par un beau dimanche au milieu des larmes de nos amis et de nos serviteurs. La traversée fut belle. L'impatience nous gagnait tous : ma femme de voir la France qu'elle n'avait jamais vue, mon fils de voir Paris et moi de retrouver dans Brest un peu de ce passé terrible que j'avais bien aboli[1], mais dont il me plaisait de retrouver les vestiges.

Quand j'aperçus l'entrée du Goulet devant la pointe Saint-Mathieu, mon cœur se gonfla d'une émotion que je ne puis traduire. J'étais comme un homme ivre en débarquant sur le quai.

Je conduisis ma femme et mon fils dans une excellente auberge de la rue de Siam, autrement dit de Saint-Pierre. Je les laissai se reposer des fatigues de ce long voyage et, sans prendre la peine de changer de costume, je descendis dans la rue en humant l'air avec ravissement.

Je courais plutôt que je ne marchais. Je retrouvai les petites venelles de Kéravel et soudain mes yeux cherchèrent un décor familier. Le cabaret du Bon Chien Jaune n'existait plus. La vieille masure avait été rasée. À sa place, il ne restait que quelques pierres et une dizaine de pieux sur lesquels des femmes du voisinage faisaient sécher leur linge.

1. Aboli : annulé.

J'entrai dans un petit cabaret à quelques pas de cette triste porte qui donnait sur le bagne et où tant de fois j'avais vu apparaître la tête rase de Virmoutiers.

Je pris une bolée de cidre et je dis au patron :

– Avez-vous connu le nommé Benic, qui tenait un cabaret, le Bon Chien Jaune, à cet endroit ?

Et je montrai du doigt l'ancien emplacement de l'auberge.

– Ma foi non, monsieur, il y a sept ans que je suis ici, et à cette époque la maison dont vous me parlez n'existait déjà plus.

Je payai mon écot[1] et je me dirigeai à pas lents vers le domicile où j'avais laissé ma chère femme et mon cher enfant.

Notre séjour en France nous réconforta le cœur et l'esprit. Au retour, après une traversée mouvementée, nous fûmes tous bien heureux de retrouver Pointe-à-Pitre, nos vieux amis et nos habitudes. Je ne devais plus dévier de la route que j'avais choisie après la mort de Mlle de Kergoez.

---

1. Mon écot : ma part.

Carnet
de lecture

Qui êtes-vous, Pierre Mac Orlan?

Pierre Mac Orlan, de son vrai nom Pierre Dumarchey, est né en 1882 à Péronne, dans la Somme. Il n'a que sept ans lorsque sa mère décède brutalement. Son père, militaire de carrière, confie alors la garde de ses deux fils à un oncle maternel. Les relations de l'enfant et de son tuteur sont conflictuelles, ce qui n'empêchera pas l'écrivain, des années plus tard, de reconnaître l'influence de son oncle sur ses goûts littéraires.

Une vie de bohème

Le jeune Pierre, passionné par le rugby, n'éprouve guère d'intérêt pour les activités scolaires. À dix-sept ans, il quitte la ville de Rouen et met fin à sa première année d'école normale d'instituteurs. Il rêve de s'installer à Paris et de devenir artiste peintre comme Toulouse-Lautrec, qu'il admire. Les petits métiers, comme celui d'assistant d'imprimerie à Rouen ou à Paris, lui permettent de subvenir à ses besoins. Commence alors une vraie vie de bohème dans le quartier de Montmartre, où il rencontre le poète Guillaume Apollinaire avec qui il se liera d'amitié.

En 1905, ses premiers dessins sont publiés sous le pseudonyme de Pierre Mac Orlan. « Orlan » comme

Orléans, la ville de son enfance. L'artiste, confronté à des difficultés financières, a accepté d'illustrer le roman de son ami Robert Duquesne. Mais il ne suffit pas de s'inventer un nom pour être artiste ! Les contrats se font si rares que le jeune homme est soulagé d'effectuer son service militaire. Des problèmes de santé l'obligent à y mettre fin au bout de six mois. On le retrouve quelques années plus tard secrétaire particulier d'une mystérieuse femme de lettres. Ensemble, ils parcourent l'Europe : Londres, Palerme, Naples ou Bruges.

Naissance d'un écrivain

À vingt-cinq ans, sans le sou, Pierre Mac Orlan, revient à Paris. C'est en fréquentant le cabaret où les artistes montmartrois se croisent, *Au Lapin Agile*, qu'il rencontre sa future femme, Marguerite Luc. Il l'épousera en 1913. Il gagne sa vie modestement en composant des chansons ou en vendant quelques dessins. À la même époque, le directeur d'une revue, *Le Rire*, le remarque, non pas pour ses talents de dessinateur mais pour les légendes qui accompagnent ses illustrations. On lui propose alors de rédiger des contes humoristiques.

Mac Orlan se tourne sans hésitation vers l'écriture et devient rapidement un collaborateur de la revue. Enfin sa situation sociale s'améliore ! Il est l'auteur de nombreuses nouvelles, se lance dans le domaine de la bande dessinée avant de publier en 1912 son premier roman humoristique, *La Maison du retour écœurant*.

Mobilisé dès le début de la Première Guerre mondiale, il est blessé en 1916. Le traumatisme de la violence des combats hante désormais ses écrits et nourrit quelques scènes horribles comme celle des rats dialoguant entre eux ou des portraits d'artilleurs sans tête. C'est à la fin de la guerre, en 1918, que paraît *Le Chant de l'équipage*, son premier succès littéraire. S'ensuit une longue série de romans d'aventures parmi lesquels figure *Les Clients du Bon Chien Jaune*, publié en 1926.

Une curiosité sans limites

Parallèlement à sa vie d'écrivain, Pierre Mac Orlan mène une carrière de reporter. De son propre aveu, ses voyages de journaliste sont pour lui « *des promenades d'études* » qui constituent la matière de ses romans. Sa curiosité n'a pas de limites, les découvertes technologiques le fascinent. Il s'intéresse au cinéma, participe à des émissions radiophoniques et se passionne pour la photographie. En 1938, l'adaptation cinématographique par Marcel Carné de son roman *Le Quai des brumes* le rend célèbre.

Pendant la Seconde Guerre mondiale, il collabore comme journaliste à divers journaux sans se soucier de leur appartenance politique. Il poursuit également ses activités d'écrivain en publiant, par exemple, en 1941, *L'Ancre de Miséricorde*.

À partir des années 1950, Mac Orlan choisit de ne plus écrire de nouveaux romans. Il préfère s'occuper des rééditions de ses ouvrages dont il revoit la forme. Élu membre du jury du prix Goncourt, il produit également de nombreuses émissions radiophoniques et retrouve le goût d'écrire des chansons qu'il considère comme des écrits autobiographiques. Certaines seront interprétées par Juliette Gréco.

C'est à Saint-Cyr-sur-Morin, en Seine-et-Marne, dans sa maison de campagne, que Mac Orlan choisit de passer les dernières années de sa vie qu'il consacre à l'écriture. L'écrivain s'éteint à l'âge de quatre-vingt-huit ans, le 27 juin 1970, trois ans après la mort de sa femme.

Le roman d'aventures :
un genre littéraire

En tout homme sommeille un aventurier prêt à affronter les péripéties offertes par les hasards de la vie. C'est pourquoi le thème de l'aventure se retrouve jusque dans les premiers textes de la haute Antiquité.

La naissance d'un genre littéraire

Que l'on se nomme Gilgamesh, roi de la cité d'Ourouk dans *L'Épopée de Gilgamesh*, ou Ulysse, roi d'Ithaque dans *L'Iliade* et *L'Odyssée* d'Homère, il faut faire preuve de courage, de patience et de ruse pour vaincre les dangers que représentent le déchaînement des éléments naturels, les naufrages, les mauvaises rencontres, la fatalité et les caprices des volontés divines.

Au Moyen Âge, les exploits imprévisibles et merveilleux des chevaliers de la Table ronde sont racontés par Chrétien de Troyes, au XIIe siècle. Inspiré par des légendes celtes et anglo-saxonnes autour du roi Arthur, il écrit les premiers romans de la littérature française où le destin, le voyage et les risques encourus constituent les ingrédients indispensables du suspense. Les défis relevés par Perceval, Lancelot ou Yvain soulignent le caractère héroïque de ces preux chevaliers. Leurs actes de bravoure sont magnifiés pour mettre en scène leur quête de vie exemplaire.

Ce n'est que beaucoup plus tard, au XIXe siècle, que le roman d'aventures remportera ses plus grands succès. Le thème de la découverte du trésor caché passionne le lecteur de cette époque. Le destin d'Edmond Dantès, jeune marin devenu le riche et puissant comte de Monte-Cristo, héros du roman d'Alexandre Dumas, fascine. Le développement des empires et de la science élargit les horizons. Jules Verne, dans *Vingt Mille Lieues sous les mers*, nous entraîne au pôle Sud, ou sur des îles du Pacifique en compagnie du capitaine Nemo. L'inconnu et la possibilité technologique de transformer le monde nourrissent l'imaginaire.

Le roman de piraterie : une aventure particulière

L'Histoire est au cœur de ce genre romanesque non pas comme thème mais plutôt comme cadre du récit. Le XVIIIe siècle, âge d'or de la piraterie, est la période la plus favorable pour planter le décor. La vraisemblance de l'histoire en dépend. Ainsi, dès les premières lignes des *Clients du Bon Chien Jaune*, la date de 1756 est mentionnée comme pour donner l'illusion de la réalité au lecteur. Le cadre réaliste est complété par la description précise des lieux, du port, de l'auberge ou des îles environnantes. La mer et ses dangers, omniprésents, sont peints comme l'univers professionnel de ces hommes misérables contraints d'attaquer d'autres bateaux pour survivre ou s'enrichir. Rien ne laisse présager un destin d'aventurier pour le futur héros, le hasard seul se charge de l'entraîner vers des aventures qui mettent sa vie en péril. Les attentes du lecteur sont comblées : le dépaysement assuré nourrit son besoin d'évasion.

Toutefois, ce n'est pas la reconstitution d'événements historiques qui intéresse l'auteur d'un roman de piraterie. L'expression des sentiments, des émotions ou des passions humaines est indispensable pour accompagner le personnage principal dans ses aventures. La peur, l'angoisse ou l'admiration ressenties par Louis-Marie, le héros du roman de Pierre Mac Orlan, se transmettent au lecteur qui peut ainsi s'identifier au jeune garçon.

Quant aux personnages secondaires souvent inspirés de modèles empruntés à l'Histoire, ils sont l'occasion d'une rencontre ou d'un événement déterminant qui plonge le protagoniste, enfant ou adolescent, au cœur d'un univers peuplé d'ennemis tous plus effrayants les uns que les autres. Qu'il s'appelle Billy Bones dans *L'Île au trésor* (1883) de Robert Louis Stevenson, ou Pain Noir dans *Les Clients du Bon Chien Jaune*, ce sont des êtres violents échappant à toute morale, d'une cruauté sans limites. L'apprenti aventurier, grâce à ses qualités hors du commun, est souvent protégé par un personnage à la personnalité complexe capable de l'aider à réaliser sa quête. Virmoutiers, ce bagnard évadé, comme Long John Silver pour Jim Hawkins, est considéré par Louis-Marie comme « *le plus précieux des amis* ». Ces personnages, bien que brigands, bénéficient alors du regard bienveillant d'un lecteur qui, au-delà du suspense et du plaisir des mots, accepte avec délice d'être confronté à ce qu'il redoute le plus : le péril de la mort.

Enfin, les échecs et les succès d'une lutte sans merci organisés à travers une succession d'actions mènent le plus souvent vers un dénouement heureux. La morale de l'histoire contribue à forger une image de ces pirates très éloignée de la réalité historique. L'on retient de cette lecture le plaisir d'avoir partagé les aventures d'un adolescent capable de braver tous les dangers pour approcher au plus près ces brigands de la mer.

Réécriture d'une légende

« *J'avais entendu parler du fameux* Hollandais-Volant, *ce navire fantôme qui sème la désolation sur toutes les mers.* » Pierre Mac Orlan convoque au cœur de son roman une ancienne légende, celle du fameux vaisseau fantôme. Loin de se laisser impressionner, Louis-Marie, le personnage principal, va surmonter peurs et superstitions pour percer le secret d'une croyance vieille de plus de quatre cents ans. Le mystère envahit le récit comme pour dramatiser les risques et les dangers encourus par l'aventurier.

Entre légende et réalité

Le *Hollandais-Volant*, le plus célèbre de tous les vaisseaux fantômes, est un mythe maritime du XVIIe siècle déjà en germe dans les récits de l'Antiquité.

Le capitaine hollandais disparu a, lui, bel et bien existé. Cet employé de la Compagnie néerlandaise des Indes orientales était chargé d'acheminer ses bateaux de commerce d'Amsterdam vers les îles néerlandaises, l'actuelle Indonésie. Sa réputation d'excellent navigateur, conduisant son navire à une vitesse folle, explique certainement le nom du vaisseau fantôme.

Un jour, non loin du cap de Bonne-Espérance, l'équipage fut surpris par une tempête qui endommagea l'embarcation. Le navigateur, furieux mais plein d'orgueil, méprisa les conseils de ses hommes. En faisant le pari de franchir ce cap malgré les conditions météorologiques, le marin osa défier Dieu et les lois de la nature. La légende évoque ici un pacte conclu avec Satan. Le capitaine imprudent manqua à tous ses devoirs. Après avoir provoqué le naufrage de son bateau et la mort de son équipage, il fut condamné à errer comme un fantôme pour l'éternité.

Intempéries, naufrage et disparition des corps : toutes les craintes des marins évoquées dans ce récit contribuent à l'édification d'un mythe qui se nourrit de l'inexpliqué. La morale condamne les fautes commises par le capitaine de ce vaisseau qui ne respecte ni Dieu ni les êtres humains. Puni de ne pas avoir remis son sort à la Vierge, « protectrice des marins », comme l'aurait fait n'importe quel navigateur, il est confronté au déchaînement des éléments naturels. Son châtiment venge également les matelots maltraités. En effet, un capitaine se doit de protéger ses hommes afin de leur éviter de mourir en mer où jamais aucun corps ne sera retrouvé.

Le *Hollandais-Volant* à travers les siècles

Nombreux sont les matelots qui, depuis le XVIIe siècle, sont persuadés d'avoir croisé le *Hollandais-Volant*. Parmi eux, le futur roi d'Angleterre, George V, affirme, dans son carnet de voyage de 1881, avoir vu cette embarcation fantôme par temps clair et mer calme. Il n'est d'ailleurs pas le seul ! Ils sont treize au total « *à ne pouvoir nier l'avoir vu* ». L'apparition du *Hollandais-Volant* serait un signe annonciateur d'un malheur imminent. La mort du matelot de vigie tombé du mât et tué sur le coup n'en est-elle pas une preuve accablante ?

L'apparition fantastique du navire, la question de l'immortalité ou l'évocation de la puissance de la nature sont des thèmes chers aux romantiques. Ainsi Victor Hugo compare-t-il le vaisseau hollandais au « *pirate de l'infini* » dans *La Légende des siècles* (1857-1883). Son image « *sinistre et scélérate* », effrayante, presque surnaturelle, interpelle les émotions du poète lyrique.

La légende du capitaine de fortune inspire également Richard Wagner qui, dans un opéra, *Le Vaisseau fantôme*, composé en 1843, s'interroge sur le châtiment divin. À quoi sert d'être condamné à ne jamais mourir ? Dans cette réécriture, Dieu invite le navigateur, représenté comme un personnage entre ciel et enfer, à se racheter en accostant une fois tous les sept ans pour trouver l'amour absolu. Le but de l'errance est d'être condamné à vivre. Le marin croit rencontrer sa bien-aimée avant d'être précipité avec elle dans la mer. Dans cette fin tragique, l'amour impossible trouve sa résolution dans la mort permettant enfin au marin de goûter au repos éternel.

La légende détournée

Dans *Les Clients du Bon Chien Jaune*, la légende nourrit le suspense lié à l'aventure à laquelle est mêlé Louis-Marie. L'orphelin s'enfuit de l'auberge de son oncle pour une « *expédition mystérieuse* » après avoir découvert l'étrange recrutement des matelots du *Hollandais-Volant*. Malgré son jeune âge, il s'embarque de nuit sur un vaisseau pirate où il n'hésite pas à faire preuve de sa force pour être respecté. Il jure fidélité au Pavillon Noir. Le héros, rusé, courageux, est prêt à prendre tous les risques pour que ses rêves deviennent réalité.

Il découvre au large des côtes britanniques le secret du fameux vaisseau fantôme. La duperie a été imaginée par son oncle pour aider les pirates à piller les navires entre Bordeaux et l'Angleterre. Contraint, comme les hommes d'équipage, à mettre un déguisement pour ressembler à un squelette armé afin d'attaquer les navires, le protagoniste découvre avec amertume cette infâme comédie.

L'auteur se sert de son personnage pour nous livrer sa propre version de la légende. La magie de la réécriture en accentue l'aspect aventureux. L'héroïsme de Louis-Marie nous plonge dans l'univers de la piraterie. Comme lui, le lecteur découvre l'envers des croyances. La désillusion ne fait qu'augmenter le suspense. Comment le héros échappera-t-il à ces bandits ? L'image du pirate courageux et bagarreur est quelque peu écornée. La mise en scène prête à sourire lorsque l'on croit entendre les notes de l'orgue jouant la messe des trépassés !

Pierre Mac Orlan s'empare donc de la légende pour percer son mystère, s'en amusant au passage. La mort, motif de ce récit d'aventures, n'est ni violente ni dramatisée. Elle devient une sorte de déguisement qui ridiculise ces pirates. Dépossédés de leur héroïsme, ils se retrouvent victimes de leur propre farce. Et voilà l'amateur de romans d'aventures satisfait ! Le héros, grâce à son honnêteté, échappe au châtiment infligé à ces bandits de la mer.

Histoire de la piraterie

L'histoire de la piraterie, de l'Antiquité au XIXe siècle, offre un point de vue original sur les guerres menées pour le contrôle des richesses en Méditerranée et sur les océans.

Les bandits de la mer

Les *peiratês*, en grec, désignaient les brigands qui couraient les mers pour attaquer les navires. Dès l'Antiquité, leur présence est attestée dans les récits de la mythologie grecque. Ainsi Jason arme-t-il un navire pour dérober la Toison d'or, tandis que Dionysos est fait prisonnier par des pirates qu'il transforme en dauphins. Quant à Eumée, le porcher d'Ulysse, dans *L'Odyssée* d'Homère, il raconte comment, fils du roi de l'île de Syria, il a été livré à des pirates phéniciens par sa propre servante, puis vendu comme esclave à Laërte, le père d'Ulysse.

Les pillages incessants en Méditerranée à cette époque menacent le trafic des navires marchands toujours plus prospère. Les pirates sont sur la mer ce que sont les bandits sur terre. Ils s'en prennent aux biens et aux personnes jusqu'à ce que Jules César, lui-même victime d'enlèvement, mette fin à ces pratiques et instaure une paix de plus de quatre siècles en Méditerranée.

Au VIIIe siècle, la piraterie se déplace vers le nord de l'Europe. Les Vikings, dont le nom désigne dans les langues scandinaves ceux qui partent pour un raid maritime, terrorisent les populations et pillent les vaisseaux qui font du commerce le long des côtes européennes.

Pendant ce temps, la course en Méditerranée prend un aspect de guerre de religion : pirates chrétiens et musulmans s'affrontent. Les pirates « barbaresques », souvent d'anciens esclaves chrétiens convertis à l'islam et au service de l'Empire ottoman, n'hésitent pas à attaquer les navires marchands de Venise ou de Gênes. Parfois, la défense de la foi se confond avec l'appât du butin.

C'est pourquoi, dès le XIIe siècle, les rois et les gouverneurs signent des « lettres de marque » autorisant les pirates à attaquer et à piller les navires ennemis en toute légalité. Ces corsaires dirigent dès lors des vaisseaux de guerre privés chargés de rapporter des fortunes.

L'apogée de la piraterie

À l'époque des grandes découvertes, les corsaires français puis anglais sont nombreux à s'aventurer vers les Antilles ou la Guinée pour attaquer les galions, gros navires espagnols qui rapportent vers l'Europe des métaux précieux, de l'or et de l'argent.

Au même moment, en Méditerranée, les affrontements deviennent de plus en plus nombreux et violents. C'est ainsi qu'en 1575, rentrant en Espagne, Cervantès, le futur auteur de *Don Quichotte*, est enlevé et conduit à Alger par des pirates aux ordres d'un chef de flotte albanais, Mami Arnaute. Il ne sera libéré qu'après le paiement de sa rançon.

L'Angleterre supprime les lettres de marque au XVIIe siècle, tandis que la France, à la même époque, encourage les armateurs à investir dans la guerre contre les bateaux anglais ou hollandais pour amasser des richesses considérables. Aux Caraïbes, les boucaniers, d'anciens chasseurs de métier et fournisseurs de viandes fumées et de peaux séchées, sont persécutés par les Espagnols. Ils s'installent sur l'île de la Tortue et se donnent le nom de Frères de la côte. Là, n'obéissant qu'à la loi du plus fort, ils se forgent une réputation de pirates assoiffés de sang.

Le XVIIIe siècle est celui de l'apogée de la piraterie. Un traité met fin à la guerre opposant l'Espagne et la France aux autres pays européens. Les corsaires ayant servi leur nation sont remerciés. Une amnistie leur est offerte pour effacer tous leurs méfaits. Mais nombreux sont ceux qui ne résistent pas à l'appel du large et à ses richesses. Ils redeviennent donc pirates en ces temps de paix et sillonnent les mers à la recherche d'un butin. C'est ainsi qu'ils se déplacent vers Madagascar, île idéalement située sur les routes du commerce entre l'Europe et les Indes.

Déclin

Les navires à vapeur, beaucoup plus rapides que les voiliers des corsaires, ont vite raison des pirates qui disparaissent vers la fin du XIXᵉ siècle. Malheureusement, aujourd'hui, les mésaventures de certains bateaux attaqués et dépouillés par des bandes armées dans des mers lointaines prouvent que l'histoire de la piraterie n'est pas terminée…

Table

1. L'oncle Benic,   *7*

2. Le cabaret du Bon Chien Jaune,   *22*

3. Le matelot Pain Noir,   *38*

4. Ratcliff Highway,   *53*

5. La « Queen-Mary »
dite le « Hollandais-Volant »,   *68*

6. L'évasion manquée,   *77*

7. La bataille,   *89*

8. La Chevalière,   *96*

9. L'expiation,   *112*

Conclusion,   *122*

**Carnet de lecture,   *129*

Découvrez d'autres grands classiques
du **roman d'aventures**

———————

dans la collection

L'ÎLE AU TRÉSOR

Robert Louis Stevenson

n° 441

La vie du jeune Jim Hawkins bascule le jour où un marin ivrogne et balafré s'installe dans l'auberge tenue par ses parents. Qui est réellement celui que l'on surnomme le « capitaine » ? Pourquoi se cache-t-il ? Une nuit, des pirates attaquent l'auberge. Jim n'a que le temps de fuir, emportant avec lui le secret du vieux forban : la carte d'une île abritant un fabuleux trésor…

Le chef-d'œuvre incontesté d'un maître de l'aventure.

VENDREDI OU LA VIE SAUVAGE

Michel Tournier

n° 445

Le 29 septembre 1759, le navire *La Virginie* fait naufrage. Seul rescapé, Robinson échoue sur une île déserte où il tente de survivre à une nature hostile en déployant des trésors d'ingéniosité. Mais son existence solitaire bascule le jour où un autre être humain fait son apparition sur l'île : Vendredi, le sauvage…
Une aventure inoubliable, une ode à la liberté et à la nature.

CROC-BLANC

Jack London

n° 493

Croc-Blanc est un chien-loup qui ne connaît que la vie sauvage du Grand Nord. Sa rencontre avec les hommes sera brutale : capturé, il devient chien d'attelage avant qu'un maître cruel n'en fasse une bête de combat. De l'instinct du loup ou de celui du chien, lequel l'emportera ?
Un grand roman d'aventures qui célèbre l'esprit de liberté.

LE LIVRE DES MERVEILLES DE MARCO POLO

raconté par Pierre-Marie Beaude

n° 1720

« J'allais avoir treize ans quand j'ai fait la rencontre de Marco Polo. À partir de ce jour, nous ne nous sommes plus quittés ; je l'ai suivi partout dans son voyage au bout du monde. Jamais depuis l'apparition des hommes sur la Terre, personne ne visita autant de pays que nous, messire Marco et moi... »

De Venise jusqu'en Chine, d'aventures extraordinaires en découvertes fabuleuses, le plus célèbre des récits de voyage adapté par Pierre-Marie Beaude.

LE LION

Joseph Kessel

n° 1733

Avoir un lion pour meilleur ami ? C'est le rêve que vit Patricia. Chaque jour, dans la réserve que dirige son père, la petite fille retrouve King, un grand mâle qu'elle a recueilli lionceau et rendu à la vie sauvage. Mais King est en danger : Oriounga, un jeune Masaï, est décidé à le tuer pour gagner sa place parmi les guerriers de sa tribu…
Un bouleversant roman d'aventures et d'amitié dans les paysages grandioses du Kilimandjaro.

L'ANCRE DE MISÉRICORDE

Pierre Mac Orlan

n° 1750

Brest, 1777. Yves-Marie, seize ans, est décidé à devenir officier de marine. Mais lui qui ne rêve que de grand large et d'aventures passe ses journées dans la boutique de son père. Lorsqu'il apprend qu'un pirate donné pour mort se cache dans les environs, le garçon n'hésite pas : bravant tous les dangers, il se lance à sa recherche…

Un magnifique roman d'aventures, où s'affrontent le rêve et la réalité, par l'auteur des *Clients du Bon Chien Jaune*.

Le papier de cet ouvrage est composé de fibres naturelles, renouvelables,
recyclables et fabriquées à partir de bois provenant
de forêts gérées durablement.

Mise en pages : Didier Gatepaille

Loi n° 49-956 du 16 juillet 1949
sur les publications destinées à la jeunesse
ISBN : 978-2-07-056016-5
Numéro d'édition : 331617
Premier dépôt légal dans la même collection : juin 1988
Dépôt légal : novembre 2017

Imprimé en Espagne par Novoprint (Barcelone)